Todos los libros de Linkgua Ediciones cuentan con modelos de Inteligencia Artificial entrenados por hispanistas. Pregúntale al chat de tu libro lo que desees acerca de la obra o su autor/a.

Para ebooks: Accede a nuestro modelo de IA a través de este enlace.

Para libros impresos: Escanea el código QR de la portada con tu dispositivo móvil.

Obtén análisis detallados de nuestros libros, resúmenes, respuestas a tus preguntas y accede a nuestras ediciones críticas generativas para una experiencia de lectura más enriquecedora.
La transparencia y el respeto hacia la autoría de las fuentes utilizadas son distintivos básicos de nuestro proyecto. Por ello, las respuestas ofrecen, mediante un sistema de citas, las fuentes con las que han sido elaboradas.

Felipe Arroyo de la Cuesta

Extracto de la gramática mutsun

o de la lengua de los naturales de la misión

de San Juan Bautista

Barcelona 2024
Linkgua-edicion.com

Créditos

Título original: Extracto de la gramática mutsun.

© 2024, Red ediciones S.L.

e-mail: info@linkgua.com

Diseño de cubierta: Michel Mallard.

ISBN rústica ilustrada: 978-84-9816-879-2.
ISBN tapa dura: 978-84-9953-862-4.
ISBN ebook: 978-84-9953-143-4.

Sumario

Brevísima presentación

La vida

El padre de Felipe Arroyo de la Cuesta nació en Castilla la
Vieja en España y llegó a California en 1807. Se trasladó a
San Juan Bautista en 1808, donde supervisó e influyó en el
diseño de la iglesia. Permaneció en la misión hasta que pasó
a manos de los franciscanos de Zacatecas en 1833.

Felipe Arroyo de la Cuesta era un hombre enérgico, de
educación imaginativa. Le gustaba dar a los recién nacidos
nombres de la historia antigua. Alfred Robinson, un comer-
ciante de americano que visitó la misión de San Juan, infor-
mó que había encontrado «Platones infantiles, Cicerones y
Alejandros».

De la Cuesta aprendió más de una docena de idiomas de
los indios americanos. En la misión de San Juan Bautista,
escribió dos importantes obras: un compendio de frases in-
dias, y un estudio exhaustivo de la lengua Mutsumi que tuvo
reconocimiento científico en 1860.

Tras abandonar San Juan Bautista en 1833, cuando las
misiones fueron secularizadas, de la Cuesta se unió a los
franciscanos de San Miguel, donde permaneció hasta su
muerte en 1840.

Introducción a la gramática mutsun
al idioma de estos indios, le faltan las letras siguientes: B, D, K, F, R, fuerte, V consonante, Y X.

Capítulo I. De la analogía, o partes de la oración. De las declinaciones del nombre sustantivo

Las Declinaciones de los nombres sustantivos son tantas como terminaciones tienen los mismos Nombres: unos acaban en *es*, como *eyes*; otros en *an*, como *ánan*; otros en *ec*, como *iréc*; otros en *us*, como *rus*; otros en *a*, como *riña*; otros en *el*, como *mógel*; otros en *ag*, como *rag*; otros en *o*, como *coró*; otros en *ar*, como *sácar*; otros en *or*, como *por*; otros en *oi*, como *jócoi*; otros en *ur*, como *júppur*; otros en *os*, como *jórcos*: y así otros nombres con otras terminaciones irreducibles por ahora a número determinado. Mas porque tengan tantas, y tan diversas terminaciones, no por eso dejan de poderse declinar gramaticalmente todos los nombres que llamamos Sustantivos, aunque sin artículos, o signo pronominal *el, la, lo*, o *hic, hæc, hoc*, como se dice en latín: por esto en los sustantivos no se pone, ni se dice, *eyes*, la barba, sino barba; *ánan*, la madre, sino madre; *irec*, piedra; *rus*, saliva; *riña*, ratón: *mógel*, cabeza; *rag*, piojo; *coró*, pies; *sácar*, liendre; *por*, pulga; *jocoi*, sarna; *juppur*, divieso; y *jorcos*, pescuezo: porque este idioma carece de nuestros artículos gramaticales; y de consiguiente de los géneros masculino, femenino, y neutro.

La variación de la voz que se hace por los casos con distinta terminación se llama Declinación, porque se aparta de la terminación del 1.º *v. g.*; *musa, musae, musam*, etc., como se enseña en la Gramática latina; o bien en la Castellana, con los artículos *v. g.*: *el señor, del señor, para*, o *al señor*, etc.

Mas como esta lengua no tiene artículos ni cierto número de declinaciones, esto es, terminaciones fijas que por donde va un nombre sustantivo vaya otro igual, es preciso discurrir cómo se forman, y qué casos tiene esta lengua sin poner 1.ª Declinación, 2.ª, 3.ª, etc., sino solamente establecer el Nominativo, Genitivo, Dativo, Acusativo, Vocativo, y Ablativo, de singular y plural, de todos los nombres sustantivos de esta lengua mutsun y es de este modo:

SINGULAR.

Nominativo *v. g.*	*Appa*	El padre natural.
Genitivo	*Appa*	Del padre.
Dativo	*Appahuas*	Para el padre, etc.
Acusativo	*Appase*	(Más adelante se explicará.)
Vocativo	*Appa*	
Ablativo	*Appatsu,* o *Appame,* o *Appatca.*	

PLURAL.

Nominativo	*Appagma*	Los padres.
Genitivo	*Appagma*	De los padres.
Dativo	*Appagmahuas*	Para los padres, etc. (También se explicará más adelante.)
Acusativo	*Apagamase*	
Vocativo	*Appagma*	
Ablativo	*Appagmatsu,* o *Appagmane,* o *Appamatca.*	

Otro ejemplo.

SINGULAR.

Nominativo	*Anan*	La Madre natural.
Genitivo	*Anan*	De la Madre.
Dativo	*Ananhuas*	Para la Madre, etc. (que se notara).
Acusativo	*Ananne*	
Vocativo	*Anan*	
Ablativo	*Anantsu,* o *Ananme,* o *Anantac.*	

PLURAL.

Nominativo	*Ananmac*
Genitivo	*Ananmac*
Dativo	*Ananmancuas*
Acusativo	*Ananmase*
Vocativo	*Ananmac*
Ablativo	*Ananmactsu*, o *Ananmacne*, o *Ananmatca.*

Según estos ejemplos vemos que se pueden declinar los nombres sustantivos de este Idioma por los casos que tiene nuestro Castellano, y el Latín. Mas hemos de advertir que toda declinación se ha de considerar en cuanto a la terminación, o voz, y en cuanto al modo de significar la cosa, y así aunque el Nominativo, Genitivo, y Vocativo, suenan materialmente lo mismo, se apartan entre sí en cuanto al modo de la recta y formal significación de la cosa; y por esto se ha de atender al sentido de la Oración, y entonces se conoce si es Nominativo, Genitivo, etc., según la parte que rija dichos casos. Según los ejemplos puestos arriba se pueden declinar todos los nombres sustantivos, sean de cosas animadas o inanimadas, con esta diferencia, que los declinables de cosas animadas, en todos los casos, siempre se forman como arriba dije; el Nominativo es cómo suena la voz en singular, v. g: ¿Cómo se dice Mujer? pregunto a un Indio. *Mucurma*, responde. Pues esta voz, *Mucurma* es Nominativo y raíz para todos los casos; y así diremos en singular:

Nominativo	*Mucurma*	PLURAL: *Mucurmacma.*
Genitivo	*Mucurma*	&c.
Dativo	*Mucurmahuas*	{ Nota: No todos los nombres tienen Plural.

Acusativo	*Mucurmase*	
Vocativo	*Mucurma*	
Ablativo	*Mucurmatsu*, o *Mucur-mame*, o *Mucurmatca*.	

Nominativo, Genitivo, y Vocativo suenan de un mismo modo, esto es, tienen una misma terminación; el Dativo tiene *huas*; el Acusativo *se*, y algunos *e*, y otros *ne*; y el Ablativo tiene *tsu*, *me*, y *ca*, o *tac*, según finalicen las palabras: el Ablativo también acaba en *sum*, en *um*, y en *ium*, como se verá en los ejemplos, y se advertirá en cuantas ocasiones se hable en Ablativo con preposición pospuesta, o posposición, la que siempre acompaña a los casos Dativo, Acusativo, y Ablativo de que se infiere que este Idioma es pospositivo, y no prepositivo. La posposición *huas*, *gua* o *cuas*, de los Dativos significa *a el*, o *lo*, y también para *el*, para *la*, para *lo*. La posposición *se* o *e*, de los Acusativos equivale a *los*, a *las*, de nuestro Castellano. El *tsu* de Ablativo significa *con*: el *me* unas veces *en*, y otras veces, *en casa*, o *con*: el *tac*, y el *tca* es lo mismo que *en*: el *ium*, el *sum*, y el *um*, significan *con* y *de*, según los verbos que rijan la oración. Ejemplo de todo esto, y servirá también para entender nuestra preposición pospuesta, o las posposiciones de esta lengua.

Nominativo	*Mucurma guate*	Mujer viene, o la Mujer viene.
Genitivo	{ *Attenane utsel?*	De quién es esta arracada.
	{ *Mucurmane utsel*	De la Mujer es esta arracada.
Dativo	{ *Attehuas?*	¿Para quién, o a quién?
	{ *Murcurmahuas*	Para la Mujer, o a la Mujer.
Acusativo	*Can* jagüi *Murcumase*	Yo cierro la Mujer.
Vocativo	*Ayi, Mucurma*	Ven, Mujer.

Ablativo	{ *Otso Mucurmatsu*	Vete con la Mujer.
	{ *Otso Mucurmame*	Vete a casa de la Mujer.
	{ *Otso Mucurmatca*	Vete a donde está la Mujer.
	{ *Uttui* irectac	Ponlo en la piedra.
	{ *Uttui* piretca	Ponlo en el suelo.

El *tsu*, el *me*, el *tca*, el *tac* son preposiciones o posposiciones de Ablativo. Falta el *sum*, el *um*, y el *ium*: *irecsum, tapurum, jaium*, que es decir, *con la piedra, con el palo, con la boca*, con todas las posposiciones del Ablativo como se expresa antecedentemente. El *cuas*, o el *huas*, del Dativo se hallan en los nombres adjetivos, que nacen, y se resuelven de los sustantivos: como *v. g.* decimos, *la casa del rey*: resuelto; *la casa Real*: así dice este Idioma: *Tapur ruca*; *De palo casa*: resuelto; *Tapurhuas ruca*; *empalizada casa*, o *Maderal casa*; esto es casa formada de palos. De esto se dirá en el Sintaxis de esta lengua. El *se*, del Acusativo sirve en los Verbos para preguntar; de que allí hablaré también.

Apéndice, y corolario de cuanto contiene este Capítulo 1.°
A pesar de ser tantas las terminaciones de los nombres sustantivos de esta lengua, podemos reducir sus Declinaciones a una solamente que se llama *Monoptota*, esto es, que tiene todos los casos; semejados unos a otros, o podemos asignarle la Declinación *Triptota*, que es la que varía tan solamente tres casos: como *Templum, Templi, Templo*; y en este Idioma el Dativo Acusativo y Ablativo *v. g. Appahuas, Appase, Appatsu*, y así el de todos los nombres sustantivos, acaben en *a, e, i, o, u*; o *en eg, is, ar, og, er, as, ig*, etc., sean del número singular o del Plural, juntamente con las preposiciones pospuestas siempre. Mas sino se ponen estas posposiciones daremos a este Idioma solo la Declinación *Monoptota*. La

sílaba, o dicción *huas*, o *cuas*, siempre se pospone a los Dativos, el *se*, y, *e*, a los Acusativos; y el *tsu*, el *me, tca, tac, ium, um*, y *sum*, a los Ablativos, con las significaciones que se dijo anteriormente.

Capítulo II. De las declinaciones de los adjetivos
Si por las terminaciones y finales de los Adjetivos, hemos de poner las Declinaciones de los mismos Adjetivos, diremos lo mismo que dijimos a cerca de las de los Sustantivos porque son tantas casi como son dichos Adjetivos: unos acaban en *e*, como *miste*; otros en *is*, como *güara*;[1] otros en *añ*, como *jatsapañ*; etc. otros en *ia*, como *Misia*; otros en *in*, como *amtiasmin*, etc. Mas acaben como acabaren siempre tienen los mismos casos que los Sustantivos con quienes conciertan sin variar de terminación *v. g. miste tsares*; buen hombre, Nominativo; *Miste tsares*, Genitivo; *miste tsareshuas*, Dativo; *Miste tsarese*, Acusativo; *Miste tsarestsu*, Ablativo; y así las demás terminaciones del Ablativo singular y plural. Aquí se ve cómo sin variar de terminación el nombre adjetivo *Miste*, concertado con el Sustantivo *Tsares*, sigue la declinación *Monoptota*. Mas si se declinan los Adjetivos sin los Sustantivos, en este caso siguen la Declinación *Triptota*; como *v. g. Tocolósmin*; el galicoso, o galicosa: el o la que padece de gálico.

SINGULAR.

Nominativo	*Tocolósmin*	El galicoso.
Genitivo	*Tocolósmin*	Del galicoso.
Dativo	*Tocolósminhuas*	Para el galicoso, etc.
Acusativo	*Tocolósmine*, Tocólo.	
Vocativo	*Tocolósmin*	

1   En las ediciones consultadas parece faltar una palabra. (N. del E.)

| Ablativo | *Tocolósmintsu,* o *Tocolos-minme,* o *Tocolosmintac.* | |

PLURAL.

Nominativo	*Tocolómac*	Los galicosos.
Genitivo	*Tocolómac*	De los galicosos.
Dativo	*Tolomacuas*	
Acusativo	*Tocolomacse*	
Vocativo	*Tocolómac*	
Ablativo	*Tocolomactsu,* o *Tocolo-macme,* o *Tocolomactac.*	

Y a este tenor todos los Adjetivos pueden declinarse sin los Sustantivos de quienes se rigen, y con quienes conciertan cuando están juntos; mas entonces no tienen más que la primera terminación, como se vio en el ejemplo antecedente.

Apéndice y Corolario de este 2.º Capítulo

Tienen los Adjetivos la misma Declinación que los Sustantivos, si se declinan solos; más se diferencian de los Sustantivos cuando con ellos se juntan para declinarse, porque no mudan de terminación, sino que guarden la misma en todos los casos.

Capítulo III. De los Pronombres primitivos

Nótese que todo Pronombre carece de Vocativo, menos *Tú, meus, noster y nostras.*

SINGULAR.

Nominativo	*Can*	Yo.
Genitivo	*Can*	De mí.
Dativo	*Cannis,* o *Ca*	A mí.
Acusativo	*Cannise*	A mí.
Vocativo	*caret*	
Ablativo	*Cannistsu,* o *Cannistose*	Conmigo.

PLURAL.

Nominativo	*Macse*	Nosotros.
Genitivo	*Macse*	De Nosotros.
Dativo	*Macsehuas*	A Nosotros, etc.
Acusativo	*Macsene*	
Ablativo	*Macsetsu*, o *Macseme*.	

SINGULAR.

Nominativo	*Men*	(Tú.)
Genitivo	*Men*	
Dativo	*Mes*, o *Mis*	
Acusativo	*Mese*	
Ablativo	*Mentsu*, o *Mesme*.	

PLURAL.

Nominativo	*Macam*	(Vosotros.)
Genitivo	*Macam*	
Dativo	*Macanhuas*	
Acusativo	*Macanis*	
Ablativo	*Macamtsu*, o *Macamme*.	

Pronombres Adjetivos

Pronombres Adjetivos.

Neppe; Este.   *Nenisia*; ese, o aquel.

Nuppi; Este mismo.   *Nunisia*; ese mismo, o aquel mismo.

Estos se declinan lo mismo que los demás Pronombres y los Derivativos son lo mismo que los Primitivos en la voz, y en la significación; pero por el contexto y régimen de la oración se conoce cuando es Primitivo, como Yo, *v. g.*, y cuando es Derivativo, como *mío, v. g.* Ellos dicen *Can, Can; Macse, Macse; Macam, Macam*; Yo, Mío; Nosotros, Nuestro; Vosotros,

Vuestro. *Huac*, él: *Aisa*, ellos: *Nepean*, estos: *Nupean*, Aquellos. Estos cuatro Pronombres equivalen al suyo de nuestra Castilla; y se declinan como los que arriba dejo declinados. En los Ablativos no tienen el *tac*, *tca*; pero tienen el *sum* todos estos Pronombres, de que volveré a tratar en otro lugar.

Pronombres Relativos, Interrogativos, e Indefinidos

SINGULAR.

Nominativo	¿*Atte*, o *Attena*?	¿Quién?

PLURAL.

Attequin o *Attequinta*?	¿Quiénes?
Numan,	Los que, y las que: el que, y la que.

No tiene este Relativo otra terminación ni de consiguiente más casos, como veremos cuando se hable de las oraciones de Relativo.

Intsis?	Qué cosa.	*Ista*	Qué.
Aipire	Alguno, o Algunos.		
Atsehase	lo mismo, Alguno.		
Ecueatte	Ninguno.	*Ecue Attequinta*	Ningunos.
Atsehasse	Cualquiera.		
Hemetcha	Uno.	*Aisa utsgina*	Los dos.
Ecuene o *ecuena*	Nada, nadie, ninguno.		
Hemetshasi	Cada uno.		
Chorea, o *Choressia*, o *Huacsia*.	Solo, él Solo.		
Irugmin	Todo, o Todos.		
Irugsun	Todos sin quedar ninguno.		
Imiu	Todos juntos.	*Añi*, o *Aini*	Otro y otros.
Aupi?	¿Cuál?		

Anpitna	¿Cuál?	
Ai	Cada, o todos.	

Más expliquemos todas estas cosas particularmente para la mayor facilidad de las demás partes de la oración, y para observar ciertas cosas que son precisas tener presentes.

Pronombre Relativo Interrogante

SINGULAR.

Nominativo	*¿Attena, o Atte?*	¿Quién?
Genitivo	*¿Attenane, o Atte?*	¿De quién?
Dativo	*¿Attehuasta, o Attehuastane?*	¿Para quién?
Acusativo	*¿Atteset?*	¿A quién?
Ablativo	*¿Attetsu, o Alteme?*	¿Con quién? en casa de quién.

PLURAL.

Nominativo	*¿Atteguin, o Attequinta?*	¿Quiénes?

y los demás casos como tenemos dicho en el singular.

Relativo de Identidad

Numan: este relativo sirve para el Singular y Plural, y para todos los casos sin variar de terminación concertando de un mismo modo con cualquier de las personas: *v. g.* Los que, las que, de los que, para los que, para las que, a los que, a las que: el que, la que, lo que, del que, de la que, de lo que, para lo que, para la que, a lo que, a la que, con lo que, con la que, con los que, con las que. *Numan*, y no más, con esta palabra se compone toda oración de cualquier cosa, de cualquier persona, y de cualquier número, siendo rigurosísima la inflexión, o declinación de este relativo *Numan Monoptota*.

¿Intsis?	¿Qué? *Ista?*	¿Qué? o ¿Qué cosa?
Intsise?	¿Qué es lo que?	
Intso	Esa cosa ¿quién sabe cómo es?	
Intsistac?	¿En dónde? o ¿en qué cosa?	
Intsispe?	¿Quién sabe qué cosa?	

Esto mejor se notará en el sintaxis, porque a cada paso saltan estas expresiones.

Ecue-Atte. No-quien, Ninguno, o nadie, sigue enteramente su simple que es *Atte*; y se compone de la partícula negativa *Ecue*, no. Este otro que sigue, y es *Atsehase*, cualquiera, regularmente solo tiene la terminación atsehastsu del Ablativo; en los demás es como el *numan*.

Nombres Numerales

Hemetscha, uno; nombre numeral adjetivo, cardinal, y primitivo, tiene la misma declinación que todo nombre sustantivo en todos los casos: se supone del número singular porque el singular o uno irregular, no tiene plural. El modo cardinal de contar es: *Hemetscha*, uno: *Utsgin*, dos: *Capjan*, tres: *Utsit*, cuatro: *Parue*, cinco: *Naquichi*, seis: *Tsaquichi*, siete; *Taittimin*, ocho: *Pacqui*, nueve: *Tancsagte*, diez: y de esto número no pasan estos Indios. Para decir once, *v. g.*: *Tancsagte Hemetscha hac ichos*; Diez uno el sobra, o sale; que es decir: Diez y sobra uno, Once; y así hasta 20 con el *ichos* volviendo a contar hasta dos diezes, que es *Utsgin tanats*: *Capjan tanats*, tres diezes, etc., hasta llegar a diez diezes, y no pasan de este número. *Tanzsagte tanats*; un ciento, o diez diezes. De estos nombres numerales cardinales se forman sus respectivos adverbios cardinales primitivos, añadiendo a dichos numerales un *na*; y así se dice: *Hemetschanna*; *Utsgina*; *Capjan-*

na, o *Capjenna*; *Utsitna*; *Paruena*; *Naquichina*; *Tsaquichina*; *Taittiminna*; *Pacquina*; *Tanzsana*; Una vez; dos veces, etc., hasta diez veces. Cuando se hable de los diez, entonces tocaremos esta materia otra vez; y digamos que los numerales ordinales derivados, son: *Inniquas* o *Innihaus*; *Juttuyuhuas*, o *Hemetschahuas*. Estas tres voces suenan diversamente, y significan el primer Ordinal de distinto modo. *Innihaus* es lo mismo que decir, en el principio, o primero. *Juttuyuhuas* es adelante primero; y el otro es a riguroso ordinal numeral, primero. *Utsginnuhuas*, segundo: *Capjannuhas*, tercero: *Utsithuas*, cuarto: *Paruessuhas*, quinto: *Naquichinuhas*, sexto: *Tsaquichinuhas*, séptimo: *Taittiminnuhas*, octavo: *Pacquihuas*, nono: *Tanzsagtehuas*, décimo.

Para multiplicar estos ordinales, y los adverbios cardinales, y lo mismo los distributivos numerales, se añade el *ichos* de los primitivos numerales cardinales. Numerales distributivos: *emchesi*, cada uno, o de uno en uno: *Utgisi*; De dos en dos: *Capjasi*; De tres en tres: *Utsitsi*; De cuatro en cuatro: *Parnesi*; De cinco en cinco: *Naquichisi*; De seis en seis: *Tsaquichisi*; De siete en siete: *Taittiminsi*; De ocho en ocho: *Pacquisi*; De nueve en nueve: *Tanzshasi*; De diez en diez. No tengo más que advertir sobre estos numerales, cardinales, ordinales, y distributivos. Si se ofreciere alguna dificultad sobre los que en latín acaban en *arius*, en *plex*, en plus, y de los patronímicos volveré a decir algo en otra parte.

Anómalos

Chorea, Choresia, Huacsia, Egilleste, que significan «solo» todos de por sí, y tienen otra significación particular. *Chorea*, o *Choresia*, significan cada uno «solo», y también «desnudo»; y no tiene plural, ni más casos. *Huacsia*, el solo, o ella sola: su plural *Aisasia*; y tampoco tiene más casos. *Egilleste* es lo mismo que único, o solo; y también carece de plural, y hace al género masculino, o femenino.

Irugmin; todos, o todo, en terminación neutra; también es irregular: Lo mismo es *Imiu*, que significa Todos juntos; a quienes se les agrega *Irugsun* que dice: Todos sin quedar uno. Estos tres adjetivos relativos son anómalos, e irregulares, porque son como indeclinables, y mudan, o les faltan algunos casos.

Añi; otro. Este relativo tampoco tiene plural, o por mejor decir, hace a singular y plural. *Anpi, Anpitna?* ¿Cuál? Anpitnane? ¿De cuál? es lo mismo que el antecedente; también es irregular, pues no le he observado tenga más casos que los dichos.

Ai; cada uno, o todos. Es indeclinable, y así se dice: *Ai tsugis*; cada día, o Todos los días. *Ai char*; cada Luna, o Todas las lunas, etc.

Apéndice y Corolario de este Capítulo 3.º

Esta materia de Pronombres primitivos, y derivativos que vienen a ser una misma cosa en la voz material de este idioma, se hace preciso considerarla para la perfecta inteligencia de las expresiones, de este mismo idioma, atendiendo al sentido de la expresión, y no a la corteza de las palabras; *v. g.*: *Attena Men?* ¿Quien (suple eres) tú? Responde el Indio: *Can*; Yo. Aquí es claro que *Can* es pronombre primitivo, y no derivativo. ¿*Attenane lahuan?* ¿De quién (suple es este) arco? Responde el indio *Can*; Mío. Aquí el pronombre *Can* es derivativo posesivo mío, y no yo, porque esto no sería hablar, o sería hablar para no poderse entender. Lo mismo digo de los demás Pronombres...

Explicados el Nombre y Pronombre, se sigue tratar del Verbo. Después diré del Participio, Preposición (aunque ya he tocado alguna cosa sobre esto), Adverbio, Interjección, y Conjunción. Pero entiéndase lo explicado del Nombre propio, común, denominativo, diminutivo, verbal, y patronímico, y del adjetivo positivo, posesivo; y no del comparativo, porque de este diré en otra parte; y lo mismo del superlativo, y verbal.

Capítulo IV. Del Verbo, sus Tiempos, y sus Modos

Supuesto que el Verbo tiene Modos, y Tiempos, y no casos, se hace preciso hablar de los Tiempos, y su formación, antes que del mismo Verbo; pues sabido, y tenido el conocimiento de los Tiempos que tiene el Idioma, se entenderá fácilmente el Verbo, y sus Modos, a pesar de que hallo un no sé qué, que no me es fácil encontrar reglas, analogía, ni proporción para comparar los Tiempos, y Modos de esta lengua con los de las dos que conozco, que son la Nativa, y Latina.

Solo hay tres Tiempos en la Naturaleza, dice nuestra Gramática Castellana; y estos se verifican muy bien en esta de los Mutsunes: Presente, Pretérito, y Futuro; el Presente se conoce en cosa que se está haciendo, el Pretérito en la cosa ya pasada, y el Futuro consiste en la cosa que está por venir; que no se hace ni se ha hecho, pero se hará. Los Tiempos intermedios, y ulteriores de este idioma se miden por la distancia del mismo tiempo, y según distan del presente, tienen distintas partículas, o mejor preposiciones pospuestas, o antepuestas, y algunas terminaciones distintas del mismo Presente. Todo esto se ve claro con este ejemplo.

Dar *v. g.* que en lengua dice: *Ará.*

TIEMPO PRESENTE.

Yo doy	*Can Ará* o *Ará Can.*
Tú das	*Men Ará* o *Ará Men.*
Aquel da	*Nunissia Ará* o *Ará* etc.

PLURAL.

Nosotros damos	*Macse Ará.*
Vosotros dais	*Macam Ará.*
Aquellos dan	*Nupcan Ará.*

Este es tiempo presente y modo indicativo. Pero se ha de notar que este y todos los demás Verbos tienen Singular y Plural distintos concertados siempre con las personas (se supone de Plural) pero también con las del singular; y en esto se distingue de las conjugaciones nuestras, y esta particularidad es propia de este idioma. En el ejemplo puesto se advierte el singular y plural del presente de indicativo concertado con las personas sin distinta terminación del Verbo *Ará*, a quien hace ser primera, segunda, o tercera persona de ambos números la persona que le anticipa, o pospone que también está muy bien, y pienso que con más elegancia y propiedad del sintaxis Mutsun. Ahora bien: vamos a ver el verbo singular y verbo plural sin salir de dicho ejemplo. Verbo singular: *Ara*, Dar. Verbo colectivo, o Verbo plural: *Arsa*, Dar también, pero Dar a muchos, o Dar mucho. Conjuguémosle para ver la verdad, y rareza que acabo de decir.

TIEMPO PRESENTE DE INDICA-
TIVO.

Yo doy a muchos, o mucho	*Can arsa*, o *Arsa ca.*
Tú das a muchos, o mucho	*Men arsa*, o *Arsa Men.*
Aquel da, etc.	*Nunissia arsa*, o *Arsa Nunissia.*

Yo, Tú, Aquel son personas, y número singular, y el verbo es plural; porque aquellas hablan de uno, y el verbo de muchos; por lo que dije que hay verbo singular y verbo plural, propios solo de este lenguaje, y acaso de otros no conocidos por mí; y aquí se ve concertado el verbo plural con personas del número singular. Sigamos ahora los Tiempos del Verbo.

Ya se ha dicho el presente de indicativo, y su conocimiento. El tiempo de Pretérito en este idioma tiene estos adverbios figurados, y sin figura: *Itzs*; *Ar*; *cus*; *hocs*; y las terminaciones siguientes: los acabados en *a*, *as*, y *an*: los que concluyen en *e*, *es*, y *en*; los en *i*, *is*, y *in*; los en *o*, *os*, y *on*; y los en *u*, *us*, y *un*; y todos acaben como quiera tienen un *cun*, que hace el verbo ser pretérito; es decir, que tienen los verbos de esta lengua siete pretéritos a lo menos. Digo a lo menos porque hay un *munná*, que hace a pretérito y futuro; y contándole, son ocho pretéritos. Vuelvo a repetirlos antes de conjugarlos.

PRETÉRITOS FIGURADOS.

Itzs, *ar*, *cus*, *hocs*; y tres terminaciones de dichos a saber:

as, *an*	}
es, *en*	}
is, *in*	} *cun*; y con el *munná* son ocho.
os, *on*	}
us, *un*	}

PRETÉRITOS SIN FIGURA DE QUE DESPUÉS HABLARÉ.

Itzshia, *aru*, *cus*, *hocse*, *munnás*. *Itzs*, *Itzshia* significa poco ha, o ahorita. *Ar*, y *Aru* es lo mismo que pocas horas hace, o antes. *Cus* hace algún tiempo, como de un mes arriba. *Hocse*, hace mucho tiempo. *Munnás* hace muchísimos años. Las terminaciones dichas de *as*, *an*, etc., sirven mejor para preguntar que para responder del tiempo pasado. Todo esto iremos explicando en lugares respectivos; y hablemos de los pretéritos insinuados antecedentemente.

PRIMER PRETÉRITO CON EL ADVERBIO *Ar*.

Yo daba, estaba, y andaba dando,	*Can ar arán.*
Tú dabas, etc.	*Men ar arán.*
Aquel daba, etc.	*Nunissia ar arán.*
Nosotros datamos, etc.	*Macse ar aran.*
Vosotros dabais, etc.	*Macam ar aran.*
Aquellos daban, etc.	*Nupcan ar aran.*

SEGUNDO PRETÉRITO CON EL ADVERBIO *Itzs*.

Yo daba, o di	*Can itzs aran.*
Tú dabas, o diste	*Men itzs aran.*
Aquel daba, o dio	*Nunissia itzs aran.*

El Plural es lo mismo, guardando el orden del Singular, añadiendo las personas dichas en los tiempos ya explicados, y esta misma regla seguiremos en los demás tiempos, verbos, y conjugaciones que no tengan excepción.

TERCER PRETÉRITO CON EL ADVERBIO *Cus*.

Yo di	*Can cus arás.*
Tú diste	*Men cus arás.*
Aquel dio	*Nunissia cus arás.*

CUARTO PRETÉRITO CON EL ADVERBIO *Hocs*.

Yo di (hace mucho tiempo)	*Can hocs arás.*
Tú diste, etc.	*Men hocs arás.*
Aquel dio, etc.	*Nunissia hocs arás.*

QUINTO PRETÉRITO CON EL ADVERBIO *Munná*.

Yo di (ha muchísimo tiempo)	*Can hocs munná arás.*
Tú diste, etc.	*Men hocs munná arás.*
Aquel dio, etc.	*Nunissia hocs munná arás.*

Siguen los otros tres Pretéritos acabados en *as, an,* y *cun*.

SEXTO PRETÉRITO CON LA TERMINACIÓN *An*.

Yo di	*Can arán.*
Tú diste	*Men arán.*
Aquel dio	*Nunissia arán.*

SÉPTIMO PRETÉRITO CON LA TERMINACIÓN *As*.

Yo di (hace algún tiempo)	*Can arás.*
Tú diste, etc.	*Men arás.*
Aquel dio, etc.	*Nunissia arás.*

OCTAVO PRETÉRITO CON LA TERMINACIÓN *Cun*.

Yo di	*Can* arascun.
Tú diste	*Men* arascun.
Aquel dio	*Nunissia* arascun.

OTRO PRETÉRITO QUE SERÁ EL NONO CON LA TERMINACIÓN *Gte*.

Yo di	*Aragte Can.*
Tú diste	*Aragte Men.*
Aquel dio	*Nunissia aragte.*

Plural como en todos los Pretéritos; las personas de plural y el verbo como se dice en el singular. Se acabó el Pretérito con sus nueve terminaciones. Veamos ahora el tiempo Futuro, su conocimiento, su modo, o conjugación.

El tiempo Futuro, repito, se conoce en cosa que está por venir: mas como lo que está por venir puede ser, y suceder luego, tarde, y más tarde, por esto este idioma tiene cuatro modos de señalarle, que son *et* o *iete*; *iti*; y *Munná* (que dije del Pretérito); y *pin*, o *piñi*.

PRIMER FUTURO CON EL ADVERBIO *Et.*

Yo dará	*Can et* (o *iete*) *Ará.*
Tú darás	*Men et* (o *iete*) *Ará.*
Aquel dará	*Nunissia et* (o *iete*) *Ará.*

Plural lo mismo que dijimos; se ponen las personas de plural, y el verbo como en el singular.

SEGUNDO FUTURO CON EL ADVERBIO *Iti.*

Yo daré (después de muchos días)	Con *itiArá.*
Tú darás, etc.	*Men itiArá.*
Aquel dará, etc.	*Nunissia itiArá.*

TERCER FUTURO CON EL ADVERBIO *Munná.*

Yo daré (pasado muchisísimo tiempo)	*Can munnáArá.*
Tú darás, etc.	*Men munnáArá.*
Aquel dará, etc.	*Nunissia munnáArá.*

CUARTO FUTURO, CON EL ADVERBIO *Pin*, O *Piñi.*

Yo habré dado	*Can piñArá.*
Tú habrás dado	*Men piñArá.*
Aquel habrá dado	*Nunissia piñArá.*

Esto Adverbio *piñi* significa acaso, o por ventura; y hace a todos los tiempos presente, pretérito, y futuro.

Se sigue tratar del Imperativo, advirtiendo que este Idioma solo tiene imperativo presente, y no futuro, y es imperativo de 2.ª persona de singular y plural: mas cuando el imperativo se dirige a 1.ª persona se forma de un modo; cuando se dirige a 3.ª persona de otro modo; y cuando a 2.ª persona de otro modo; que es cosa particular. Expliquémonos con el mismo verbo.

IMPERATIVO PRESENTE DE PRIMERA PERSONA.

Dame	*Arat,* o *Aratit.*
Dadme	*Aratityuts,* o *Aratyuts.*

IMPERATIVO DE 3.ª PERSONA.

Dale	*Arai.*
Dadle	*Araiyuts.*

IMPERATIVO DE 2.ª PERSONA.

Da tú; o ven, da tú	*Araya.*
Dad vosotros; o venid, dad	*Arayayuts.*

OTRO IMPERATIVO DE 2.ª PERSONA.

Date a ti mismo	*Arapui.*
Daos a vosotros mismos	*Arapuyuts.*

El imperativo de 2.ª persona, o dirigido a 2.ª persona en este verbo Dar, *Ará* es medio irregular; mas no en otros verbos, como por ejemplo: Ven, coge para ti, o Toma para ti; (*Ayi*) *oioya*; que es lo mismo que decir: Ven a tomar, o toma para ti: *Ayi, oioya*. Cuando se dirige a primera persona lo regular es formarle con el *nit*, en singular, y *mityuts* en plural. Coge, o recoge tú para ti; *oiomit*. Recoged para mí: *oiomityuts*. Nada más hay que advertir sobre el Imperativo cuando con él se manda venir, y pedir. Mas cuando con el Imperativo se despacha a hacer cualquier cosa, se forma de esta suerte: Al verbo presente indicativo, o infinitivo, se añade un *is*; *v. g.*: *Arais*; vete a dar; *Magiis*; vete a cerrar: o en mejor romance: Anda tú, da; Anda tú, cierra: y así en todos los verbos, e imperativos, cuando con ellos se manda ir, o se despacha. Es cuanto he observado en el particular, y otras cosos que no todo se puede decir de una vez.

Síguese el presente de Subjuntivo, u Optativo; y es el Tiempo en que he gastado más tiempo que en todo lo demás de este indio lenguaje, sin poder comprender, si tiene esta lengua semejante tiempo presente de Subjuntivo riguroso, teniendo Ojalá, u Ojalá que, o Con tal que, Cuando, Aunque, u otras partículas o romances castellanos, que llevan la oración a subjuntivo; mas sin dichas partículas no tiene semejante tiempo, *v. g.*: Yo de, Tú des, Aquel dé; no se pueden decir estas oraciones así como suenan en tiempo presente de Subjuntivo en nuestra lengua; sino que se han de hacer, o por presente de indicativo, o por futuro imperfecto. A más de esto, no entiendo, por qué Dé aquel en imperativo es futuro, y Aquel dé sea presente, como dicen, de subjuntivo. Si hay alguna partícula que le lleve a subjuntivo, lo será en realidad; pero si no la hay, tan futuro es Aquel dé, como Dé aquel (S.Y.).

El modo subjuntivo por sí solo no tiene ni hace perfecto sentido; pues si lo hiciera no sería subjuntivo, a quien siempre se le junta algún verbo antecedente, o alguna partícula de donde pende su entera y completa significación. Considerado de este modo, el Presente de Subjuntivo, es propio de esta lengua también; pero inclinándose a tiempo futuro. Esta oración *v. g.*: Está bien que yo dé cuchillos a los hombres; *Tappan cat Ara tsarese tsipese*. Otra; Cuando tú des; *Cochop met Ara*; y así en los demás romances con cualquiera verbo que es medio futuro. *Cat, met*, es lo mismo que *Men, iete, Can iete*, que son adverbios de futuro. Mas que no me creas; *Yela Men cat at ec massia*. Aquí tenemos el mismo subjuntivo con cuatro figuras que diré en el sintaxis.

PRESENTE DE SUBJUNTIVO.

Yo de	*Cat Ará.*
Tú des	*Met Ará.*
Aquel de	Nunissiat *Ará.*
Nosotros demos	Macset *Ará.*
Vosotros deis	Mucam *et Ará.*
Aquellos den	*Nupcan et Ará.*

Se entiende todo según dejo explicado arriba; y se sigue el Pretérito de Subjuntivo. Pero antes que lo conjuguemos, es preciso advertir el riguroso Subjuntivo de esta lengua, si me puedo explicar así. Dicen estos Neófitos: No quieras; *Men unisi*, o *Men unispu*. No cojas; *Men óyo*. No llores; *Men guarca*. No guiñes; *Men cuyurpu*. No comas; *Men ama*. No rías; *Men mai*, etc.: que todos son Subjuntivos sin expresar el adverbio *Ecue*, que quiere decir no. Mas si se ha de expresar, no se puede usar del *Ecue*, o no; sino que se ha de anteponer otro adverbio que significa no; y es *epsie*, que siempre lleva la oración a Subjuntivo, o a Futuro. *Epsie Men unisi: Epsie Men óyo: Epsie Men guarca: Epsie Men Cuyurpu*, etc.: No quieras; No cojas; No llores; no guiñes, etc. Esto más pertenece al Sintaxis; pero para tener esto comprendido, y hablar del Presente del Subjuntivo, he significado mi modo de entender el riguroso y raro subjuntivo de este idioma.

PRETÉRITO DE SUBJUNTIVO.

Este Tiempo de esta lengua tiene tres terminaciones bien conocidas; y son: *tuene*; *imateun*, y *teun*, y un *Cochop* que unas veces quiere decir sí, otras cuando, y otras siempre; y con estas terminaciones se forma el Pretérito de Subjuntivo.

Ejemplo.

Yo diera, o diese	*Imatcun ca Ará*; o *Cochop tuene ca Ará*.
Yo daría	*Aratcun ca.*
Tú dieres, o dieses	*Imatcun Men Ará*; o *Cochop tuene Men Ará.*
Tú darías	*Iratcun Men.*
Aquel diera, o diese	*Imatcun Nunissia Ará*; o *Cochop.* etc.
Aquel daría	*Aratcun Nunissia.*

El Plural de este Pretérito se hace como dije en los demás tiempos, que quedan declarados. Estas condiciones, adverbios, o partículas que anteceden, o se posponen, y siempre acompañan al modo, y tiempo de subjuntivo, hacer ser al tiempo ya pretérito imperfecto, con sus romances de nuestra Castilla, y su valor; ya pretérito perfecto; ya plusquam perfecto; y ya futuro de subjuntivo. Y con esto queda explicado el tiempo, su conocimiento el modo, y conjugación del verbo Dar, o *Ará*: el que repetiré todo, para que se quite la confusión que puede causar tanta advertencia que ha sido preciso hacer; y luego diré otras particularidades que hay sobre todo verbo en este idioma, y sobre esta materia.

Voz activa. Indicativo

TIEMPO PRESENTE.

Ara: Dar.

Yo doy	*Can Ará; o Ará Can.*
Tú das	*Men Ará; o etc.*
Aquel da	*Nunissia Ará, etc.*
Nosotros damos	*Macse Ará, etc.*
Vosotros dais	*Macam Ará, etc.*
Aquellos dan	*Nupcan Ará.*

PRETÉRITO 1.º CON EL ADVERBIO
Itzs.

Yo di (poquito hace)	*Can itzs arán.*
Tú diste, etc.	*Men itzs arán.*
Aquel dio, etc.	*Nunissia itzs arán.*
Nosotros dimos, etc.	*Macse itzs arán.*
Vosotros disteis, etc.	*Macam itzs arán.*
Aquellos dieron, etc.	*Nupcan itzs arán.*

PRETÉRITO 2.º CON EL ADVERBIO *Ar.*

Yo daba (hace rato)	*Can ar arán.*
Tú dabas, etc.	*Men ar arán.*
Aquel daba, etc.	*Nunissia ar arán.*
Nosotros dábamos, etc.	*Macse ar arán.*
Vosotros dabais, etc.	*Macam ar arán.*
Aquellos daban, etc.	Nupcun *ar arán.*

PRETÉRITO 3.º CON EL ADVERBIO *Cus.*

Yo di (hace mucho tiempo)	*Can cus arás.*

Tú diste, etc.   *Men cus arás.*

Aquel dio, etc.   *Nunissia cus arás.*

Plural, como dijimos.

PRETÉRITO 4.º CON EL ADVERBIO *Hocs.*

Yo di (hace muchísimo tiempo)   *Can hocs arás.*

Tú diste, etc.   *Men hocs arás.*

Aquel dio, etc.   *Nunissia hocs arás.*

PRETÉRITO 5.º CON EL ADVERBIO *Munná.*

Yo di (desde tiempo inmemorial)   *Can Munná arás.*

Tú diste, etc.   *Men Munná arás.*

Aquel dio, etc.   *Nunissia Munná arás.*

PRETÉRITO 6.º CON LA TERMINACIÓN *An.*

Yo di (sin determinar tiempo)   *Can arán.*

Tú diste, etc.   *Men arán.*

Aquel dio, etc.   *Nunissia arán.*

PRETÉRITO 7.º CON LA TERMINACIÓN *As.*

Yo di (quien sabe cuando)   *Can arás.*

Tú diste, etc.   *Men arás.*

Aquel dio, etc.   *Nunissia arás.*

PRETÉRITO 8.º CON LA TERMINACIÓN *Cun.*

Yo di (hace algún tiempo)   *Can araicun.*

Tú diste, etc.   *Men araicun.*

Aquel, dio, etc.   *Nunissia araicun.*

PRETÉRITO 9.º CON LA TERMINACIÓN *Gte*.

Yo di (ya)	*Can aragte.*
Tú diste, etc.	*Men aragte.*
Aquel dio, etc.	*Nunissia aragte.*

FUTURO 1.º CON EL ADVERBIO *Et* O *Iete*.

Yo daré (luego o después)	*Can et* (o *iete*) *Ará.*
Tú darás, etc.	*Men et* (o *iete*) *Ará.*
Aquel dará, etc.	*Nunissia et* (o *iete*) *Ará.*

FUTURO 2.º CON EL ADVERBIO *Iti*.

Yo daré (después de muchos días)	*Can iti Ará.*
Tú darás, etc.	*Men iti Ará.*
Aquel dará, etc.	*Nunissia iti Ará.*

FUTURO 3.º CON EL ADVERBIO *Munná*.

Yo daré (pasados muchos años)	*Can Munná Ará.*
Tú darás, etc.	*Men Munná Ará.*
Aquel dará, etc.	*Nunissia Munná Ará.*

FUTURO 4.º O PERFECTO, CON EL ADVERBIO *Piñ*.

Yo habré dado (acaso)	*Can piñ arán.*
Tú habrás dado, etc.	*Men piñ arán.*
Aquel habrá dado, etc.	*Nunissia piñ arán.*

IMPERATIVO PRESENTE DE 1.ª PERSONA.

Dame	*Arat*, o *Aratit.*

| Dadme | Aratyuts, o *Aratityuts*. |

IMPERATIVO DE 2.ª PERSONA.

| Date, o Da para ti | Araia. } Es irregular |
| Daos, o Dad para vosotros | Araiayuts. } este imperativo. |

IMPERATIVO REGULAR CON UNIÓN DE 2.ª PERSONA.

Coge para ti; o: Ven coge para ti.

Coged para vosotros; o: Venid, coged etc.

IMPERATIVO DE 3.ª PERSONA.

| Dale | *Arai* (ahora)-Arati. |
| Dadle | *Araiyuts*-Aratiyuts. |

OTRO IMPERATIVO DE 2.ª PERSONA.

| Date; o entrégate | *Arapui.* |
| Daos, o entregaos | Arapuiyuts. |

OTRO IMPERATIVO DE 2.ª Y 3.ª PERSONA.

(Anda) Dale o Dadles	*Arais* (Otsso)	} sin expresarse
		} se entiende.
(Andad) Dadles	*Arais* (otssoyuts.)	

Repito, que no tiene Imperativo futuro este idioma; y si se quiere formar ocúrrase al futuro que ya está conjugado: y nada más digo, sino que me remito a lo que poco ha dije del modo Subjuntivo.

PRESENTE DE SUBJUNTIVO.

Yo de (en cierto tiempo, o con cierta circunstancia)	*Cat Ará.*
Tú des, etc.	*Met Ará.*
Aquel de, etc.	Nunissiat *Ará.*

PRETÉRITO DE SUBJUNTIVO.

Yo diera, o diese	*Imatcun Can Ará*; o *Cochop* tucne *Can Ará.*
Yo daría	*Aratcun ca.*
Tú dieras, o dieses	*Imatcun Men Ará*; o *Cochop* tucne *Men Ará.*
Tú darías	*Aratcun me.*
Aquel diera, o diese	*Imatcun Nunissia Ará*; o *Cochop* tucne *Nunissia Ará.*
Aquel daría	*Aratcun Nunissia.*

Según el contexto de la Oración estos dichos modos de Subjuntivo hacen a nuestros tiempos de castellano Pretérito perfecto, imperfecto, y plusquam perfecto, y Futuro de Subjuntivo, aplicándolos debidamente como ya dije en su lugar. De este Verbo *Ará*, o Dar sale un número crecido de verbos; y lo mismo sucede con casi todos los verbos; de que resulta un número grande de inflexiones como derivadas del principal, [-u] original. Salen de *Ará*:

Arsa	Dar mucho o a muchos. Por esto le llamo verbo plural.
Arámu	Darse, o entregarse uno a otro, los dos.
Arsápu	Darse unos a otros.
Arápu	Darse uno a sí mismo, o entregarse.
Arácsi	Dar bien perfectamente.
Arási	Mandar dar.

Arámiste	Suplicar dar.	
Arásu	Ir a dar.	
Arána	Ir a dar———*Arastapse*	Se dio tiempo ha.
Araiñi	Venir a dar———*Arastap*	Se dio tiempo ha.
Aráu	Cuando se da: o el tiempo de dar.	
Aragne	Se da———*Arargnis*	Se dio poco ha.
Aragnit	No sea que le dé.	

Esta voz *Ará* tiene tres significados. Es verbo, y significa Dar. Es conjunción, y significa Y. Es adverbio, y significa después, o luego. También es palabra de mofa, que la usan los muchachos.

OTRO EJEMPLO.

Omitidas las conjugaciones de este verbo, *v. g.*: *Oio*, Coger; saquemos todos sus derivados, como arriba del verbo *Ará*.
   Oio: coger. Verbo particular, o singular.
   Oiso: coger mucho, o muchos. Verbo plural.

Oio	Coger.
Oiso	Coger mucho, o muchos.
Oimu	Cogerse uno a otro; los dos.
Oisopu	Cogerse muchos a muchos.
Oipu	Cogerse a sí mismo.
Oiocsi	Coger bien perfectamente.
Oiosi	Mandar coger.
Oiomiste	Suplicar coger.
Oiou, o oiohu	Cuando se coja, o en tiempo de coger.
Oiona	Ir a coger.
Oiñi	Venir a coger.
Oiosu	Ir a coger.
Oiogne	Le coge.

Oioinicane	Cuando le coge.
Oioguit	No sea que le coja.
Oiostapse	La cogió, o cogieron, o fue cogida.
Oiostap	La cogió, o (lo mismo).
Oiognis	Fue cogida, o la cogieron, etc.

Esta voz *Oió* se toma también por hacer; *v. g.*: *Ista ca oiona?* ¿Qué voy a hacer? *Istam tina Oio?* ¿Qué haces tú?

Siete verbos nacen del primitivo; y algunos le siguen en la conjugación, y otros no. Unos son verbos plurales; y otros tienen los dos números singular y plural. Veámoslo en los ejemplos dichos.

Ara.	Dar. Verbo primitivo, y regular conjugable por los tiempos dichos.
Arsa.	Dar a muchos, o mucho. Verbo plural que se conjuga en número singular y plural.
Aramu.	Tiene solo plural. Irregular.
Arsapu.	Regular.
Arapu.	Es lo mismo en la conjugación, que el primitivo.
Aracsi.	También sigue a su original.
Arasi.	Se conjuga lo mismo que el primitivo.
Aramiste.	Tiene la misma conjugación que su primitivo.

Lo mismo se verifica en el otro ejemplo, y en la mayor parte de verbos. Mas para no confundirse, solo dije del dicho ejemplo.

Oio.	Coger. Verbo primitivo y regular, que se conjuga por todos los dichos tiempos.
Oiso.	Verbo plural, que se conjuga por tiempos, y números singular y plural.
Oimu; u *Oromu.*	Solo tiene plural. Irregular.

Oisopu.	Regular.
Oipu.	Es lo mismo en todo que el primitivo.
Oiocsi.	También sigue a su original.
Oiosi.	Se conjuga lo mismo que el primitivo.
Oiomiste.	Tiene la misma conjugación que su primitivo.

Voy a repetir todos los verbos plurales, y regulares derivados, y un irregular, que salen de un verbo solamente.

1. *Ará.*	9. *Aráhu.*
Arsa.	*Arsáhu.*
2. *Arápu.*	10. *Arainicane.*
Arsápu.	*Arsainicane.*
3. *Arási.*	11. *Arágne.*
Arsási.	*Arsagne.*
4. *Arácsi.*	12. *Araguit.*
Arsácsi.	*Arsaguit.*
5. *Arámiste.*	13. *Arástap.*
Arsámiste.	*Arsástap.*
6. *Araiñi.*	14. *Arastapse.*
Arsaiñi.	*Arsastapse.*
7. *Arána.*	15. *Aráguis.*
Arsána.	*Arságuis.*
8. *Arsáa.*	16. *Arámu.*
Arsásu.	*Arsamu.*

Tenemos aquí 32 palabras, que las 31 de sola una; y conjugadas las que son verbos regulares, plurales, y el irregular, saldría un número muy considerable que llenaría algunas paginas de pliego entero: por lo que las omito; pues aunque no sería superflua, sería a lo menos enfadosísima tanta conjugación de un solo verbo. Nota también: que todos los que están numerados, son verbos singulares, y los no numerados son plurales; y seis solos son conjugables por todos los tiempos dichos; y uno solo es irregular, porque solo tiene número plural, y porque siempre se conjuga por *nos, vos, illae, vel illi*, 1.ª 2.ª y 3.ª persona.

Hasta aquí solo he hablado de los tiempos, de la conjugación, y de los modos de los verbos de este idioma. Mas ahora es preciso reunir todo lo dicho en pocas palabras, para la más fácil comprensión. Los tiempos que esta lengua admite se determinan, o por los adverbios que anteceden, o se posponen al verbo; o por la terminación del mismo verbo, haciéndole presente, pretérito, o futuro; de lo que nada queda que advertir, y entendidos bien los tiempos queda explicada la conjugación por ellos. También he tratado del Infinitivo de presente, que es como suena el verbo en cualquiera de las personas del presente de Indicativo; mas es preciso hablar del Infinitivo pretérito y futuro; del Gerundio, del Participio también de presente, pretérito y futuro.

Infinitivo de presente	*Ara*: Dar.
Infinitivo de pretérito	*Arapis*: Haber dado.
Infinitivo de futuro	*Et Ará*: Haber dado.
Gerundio	*Cochop Aragne*, o *Aragne*: dando.
Participio de presente	Dante.
Participio de pretérito	Dado.
Participio de futuro	Habiendo de dar.

Queda explicado el tiempo, el modo, y la conjugación del verbo; y con este ejemplo se forman a su semejanza casi todos los de este idioma Mutsun. Mas adviértase que como el infinitivo de cualquier tiempo, y el participio de cualquier tiempo, nunca están por sí solos en la oración, con completo sentido, sino que este pende o de un verbo determinante, o de alguna persona, o de alguna preposición, etc., todo infinitivo y participio se forman en esta lengua, como si se resolvieran en el contexto de la oración. De esto hablaré en el sintaxis.

Capítulo V. Del Verbo que significa la existencia, acción, o pasión de las personas, o cosas

Ya hablé del verbo en cuanto a sus terminaciones, modos, tiempos, números y personas; dejando asentado que hay verbo particular o singular y verbo plural. Ahora solo he de tratar del verbo, y su significación como dije arriba, y de su división. Es tan grande la división de los verbos que si de todos hubiese de tratar, sería preciso detenerme más de lo que pide este Capítulo, y una Gramática de Lengua (digámosla) inculta, y sin haber conocido hasta ahora, carácter, regla, ni precepto alguno, sino como la naturaleza la ha inventado. Así diré solo de el verbo sustantivo, Activo, Neutro, y Reciproco, dejando para el sintaxis los verbos meditativos, deponentes, frecuentativos, diminutivos, defectivos, impersonales, pasivos, de natura de lengua, y demás que traen los Autores latinos; que si de estos hablo, será aquí como de paso.

§ 1.º Del Verbo Sustantivo. Este verbo es el que explica, enseña, y significa la existencia de las personas, o cosas: como Ser, Estar, Haber. Este idioma carece del verbo sustantivo y auxiliar en la significación de ser rigurosamente y parece ser este un defecto grande, porque no se pueden explicar las cosas que con él explicamos en los quince sentidos que le usamos, y de que nos valemos, cuando conviene. Mas como todo lenguaje ha sido inventado para descubrir los sentimientos del alma: «Ad sensus animi exprimendos oratio reperta»; el lenguaje de estos Indios ha inventado ciertas palabras que suplen este verbo tan esencial a nuestro idioma, y no así al suyo; y por eso, dije, parece ser defecto grande de esta lengua carecer del verbo ser, y no lo es en realidad de verdad, porque tienen estos Indios palabras, o voces con que manifiestan de distinto modo que nosotros, todos sus conceptos, y sentimientos. Cualquiera que adquiera y posea al conocimiento verdadero del sintaxis de otro idioma, en nada, o casi nada, semejante al nuestro, y al latino, ha de conocer, y confesar esta verdad, si concede primero que *ad sensus animi exprimendos oratio reperta est.* CALEP. v. ex primo. En esta oración por ejemplo: ¿Y eso qué es? *Ene pina* (dice el indio) *Intsis* iha? En esta oración, no hay tal verbo es; pues vertida materialmente dice así: ¿*Ene*, Pero, más, o y *pina* eso, *Intsis* que, iha también? que junto dice: ¿Y eso que también? Sin embargo, así expresa el Indio su concepto, como se expresa en castellano con el verbo es. En este idioma pues no hay, ni es necesario el verbo sustantivo ser; pero si el estar muy distinto del nuestro.

§ 2.º Si Estar se toma por ser, también carece de este verbo este idioma; pero si se toma por existir, o estar actualmente, o hallarse en algún lugar, repito, que le tiene, pero muy distinto de nuestro castellano, porque nosotros usamos sin distinción del estar, sea de cosas animadas, sea de inanimadas. Así decimos: está el hombre; está el dinero; está Dios; está el palo, etc. Mas este idioma usa de dos verbos que significan estar: uno significa las cosas animadas, espirituales; y otro las inanimadas. *Tsahora* sirve para las primeras, y *Rote* para las segundas; y así dicen estos naturales.

Yo estoy, o existo, o me hallo	*Can tsahora.*
Tú estás, o existes, o te hallas	*Men tsahora.*
Aquel está, o existe, o se halla	*Nunissia tsahora.*

42

Así respectivamente en todos los tiempos que dijimos del verbo Dar: *Ara*. Mas cuando se habla de cosas inanimadas usan de *Rote*; *v. g.*: La piedra está, existe, hay, o se halla; *Irec rote*. Otro ejemplo: Allí hay, o está, o existe, o se halla, el cuchillo; *Nú rote* tsipe. Y así de todos los entes inanimados. Cuando el verbo ser es pretérito perfecto, como *v. g.*: Yo fui, Tú fuiste; Aquel fue, etc., este tiempo se dice muy bien: *Can rotes*; *Men rotes*; *Nunissia rotes*: pero no se puede usar de ser, o haber sido *rotes* en otro tiempo. Tiene otra voz que significa estar, haber, o existir, que es *Nua*; y así se dice: Allí hay, existe, o está un hombre; *Nua emetscha tsares*. Allí hay, existe, o está un palo; *Nua emetscha Tapur*: pero se comete la figura elipsis, cuyo uso es muy frecuente en este idioma; de lo que dije largamente en su lugar.

§ 3.º Tampoco tiene este idioma el verbo auxiliar y sustantivo Haber: más tomado por Tener o Poseer, si le tiene; pero no es cómo aquí se indaga, sino en el sentido riguroso de tener; y no como verbo auxiliar, que se une a todos los tiempos de activa para conjugar los verbos. Mas ya dije lo que sentía acerca de este verbo auxiliar en el primer párrafo de este 5.º Capítulo: y digamos del verbo Activo.

§ 4.º Verbo Activo. El verbo Activo es el que pide o rige acusativo de persona que padece, o aquel cuya acción, y significación a otra cosa que es su término, con preposición, o sin ella; *v. g.*: Quiero a Dios: Aborrezco el vicio: Acuso a Juan, etc.; que todo el que ha estudiado Gramática Castellana, o latina, sabe. A esta clase de verbos se reducen la mayor parte de los que usa este idioma; y todos se conjugan como el verbo Dar: *Ará*; o por mejor decir, una sola regla sirve para conjugar todos los verbos, sean de la clase que fueren;

y esta es la que di cuando traté de los tiempos, y modos del verbo de este idioma, que no admite las irregularidades que se notan en los de nuestra Castilla; pues sabido el infinitivo de presente, sea su terminación como quiera, siempre tienen los mismos adverbios que terminan los tiempos, y las mismas terminaciones que tengo explicadas en el referido lugar, y se conjugan todos como llevo expuesto.

§ 5.º Voz pasiva de los verbos. Como queda asentado que este idioma no tiene el verbo sustantivo Ser, con el que nosotros formamos en Castilla las pasivas de los verbos, se da por supuesto que los verbos de este idioma no tienen pasiva semejante a la nuestra, ni a la latina, que es la que tiene verdaderas voces pasivas en casi todos los tiempos, cuando el verbo las admite. Hago este supuesto, porque como es preciso proporcionar y asimilar nuestro idioma, con este para formar idea de él, sin este recurso no nos entenderíamos. No tiene más voces pasivas que las siguientes; *v. g.*: en el verbo dicho *Ará, Aragne, Aragne, nuc, me*
    Aragnis
    Arastapse
    Arastap.

Estas se pueden llamar voces pasivas, porque se distinguen de las activas en cuanto a su terminación; y porque con ellas se forman unas oraciones segundas de pasiva. Se da; Le dan; Te dan; Nos dan; Os dan; Les dan; Me dan: se dice; *Aragne*, añadiendo la persona, o cosa. Quiero decir; que cuando en la oración castellana vienen estos romances: *me, te, se, nos, vos, los,* se forman segundas de pasiva; lo mismo es en esta lengua; me dan, te dan, le dan, se da, nos dan, os dan, les dan, se dan; se dice: *Aragneca, Aragneme,* etc. Este *Aragne* es tiempo presente, y no tiene más terminación, y hace a todas las personas de singular y plural. Esta otra voz pasiva: *Aragnis* es de tiempo pasado, y es lo mismo que la antecedente. Me dieron, Te dieron, Le dieron, Nos dieron, Os dieron, Les dieron (esto es, entregaron); decimos: *Aragnisca*, *Aragnisme*, etc.: y lo mismo son *Arastap*, y *Arastapse*. Me entregaron, o dieron, Te entregaron, o dieron, etc.: romanceadas de otra suerte en Castilla estas oraciones; *v. g.*: Yo fui entregado; Tú fuiste entregado; Aquel fue entregado; Nosotros fuimos entregados, etc.: se dice: *Arastapca*; *Arastapme*; etc. Es cuanto puedo decir sobre la voz pasiva que he encontrado en todos los verbos que usan estos indios. Usan también de otra especie de pasiva, o tienen otras expresiones en las impersonales, que en nuestra Gramática latina se hacen en pasiva, aunque las terminaciones son en activa, y podemos llamarlas pasivas; *v. g.*: Dícese, o se dice, que te dan; Dícese, que te han de dar; Dícese, que te dieron; o Dicen, que te entregan; Dicen, te han de entregar; Dicen, que te entregaron. En estas, y semejantes impersonales, usan los Indios de esta lengua: *Aragne nuc me*; *Arastap nuc me*. El *nuc* es lo mismo que dicen; y lo demás como queda dicho.

§ 6.º De los verbos impersonales.

Amanece: Anochece	*Acquen: Muren.*
Yela: Escarcha	*Huacna; Isili.*
Llueve: Llovizna	*Amani: Pisillanme.*
Truena: Relampaguea	*Tsura: Huilpe.*
Nieva: Graniza	*Yopco: ídem.*

En todos estos entienden los Indios el tiempo; o Dios es el que hace estas cosas, después que se les ha explicado. Pero todos estos verbos se pueden conjugar por todos los tiempos, presente, pretérito, y futuro, y admiten en este idioma todas las expresiones que nosotros solemos usar cuando hablamos de estas cosas. Tampoco tiene verbos compuestos este idioma; pero sí verbos, palabras, o voces, que abundan, o que sobran para significar la cosa; o por mejor decir, usan de ciertos imperativos, de ciertos modos, que no sé positivamente cómo se han de llamar estas expresiones raras, y son las siguientes que tengo muy presentes.

Yu: Yuyuts	Anda: Acaba, etc. y en plural según sea la cosa.
Ayun: Ayuints	Trae: Traed.
Ya: Yaints	Toma: Tomad. Coge: Coged.
Ai juri: Ayí: Ayiyuts	Ven: venid.
Otso: Otsoyuts	Vetu, o vete: Id, o idos (para despedirse.)
Pire: Pireyuts	Siéntate; Sentaos.
Yehela: Yelamini: Yelaminiyuts	Aguarda, o espera: Aguardad, o esperad.
Quechigüesi: Quechiguesiyuts	Haced, etc. ligero, ligeros; o corre: corred.
Camai: Camaiyuts	Mira: Mirad.
Quemexei: Quemexeyuts	Mira: Mirad.

Si uno pregunta por estas voces verbales a un Indio; *v. g.*: que hay por Andar, le dice: *Guate*, o *Gine*; y esto no tiene conexión con el *Yu*. Lo mismo si preguntamos por Aguardar, *v. g.*: dice: *Tusun*: *Suti*: *Tugisi*: *utrasi*: y esto en nada se parece a *Yehela*; y lo mismo a cerca de todas las expresiones o verbos dichos, y las que siguen.

Ittie	Vámonos.
Ochico	No quiero.
Huimacsi	Lo siento, Me compadezco.
Catshi	Silencio, o cállense.
Gire	Mira, Reflexiona.

Mots	Pregunto.
¿Motsos?	¿Ya está? ¿Es así?
Cooy	Así es.
Que	Oye: Mira: Atiende.
Quie	Quien sabe.
Yu nan	Vamos a ver: a ver.
Itque	Apártate: déjame.
Ayuguspu	Quítate, o apártate.
Mini	Oye: escucha.
Eshierse	No dicen, etc.
Eshierase	No han dicho.
Nú attia	Sí (según lo que se hable.)

Todas estas expresiones, y otras que se verán en lo restante de este trabajito, causan una confusión más que mediana, porque no tienen proporción, o tienen muy poca con nuestros modos de hablar.

Capítulo VI. Del Participio

Participio es el que tiene casos, y significa tiempo, y participa del nombre y del verbo. Mas examinada bien la natura del Participio, veo que en esta lengua rigurosamente, ni el de presente, ni el de pretérito, ni el de futuro; ni encuentro que se use en expresión alguna. Esta oración, *v. g.*: el que ama a Dios, es bueno: *Amans Deum, bonus est*; resuelto el Participio: *Ille qui amat Deum, bonus est*. Para hacer esta oración por participio en lengua de estos Indios, no hay voces: es preciso resolver el Participio, y decir: *Numan muisin Dios, miste*. Lo mismo digo de los Participios de pretérito, y futuro; se han de resolver, si se quiere persuadir, o disuadir alguno cosa, usando, o hablando con Participio. *Tatagte*;

barrido: *Topogte*; acabado: *Sicsaste*; manchado: *Cauyiste*; secado: *Pasquiste*; harto, o hartado, etc., aunque en Castilla suenan, y son todos estos Participios de Pretérito; en lengua materialmente dichas palabras dicen: Se barrió; se acabó; se manchó; se secó; se hartó: y no son estos Participios, sino verbos y tiempos de pretérito; y de consiguiente como carece del verbo sustantivo Ser, Tener, Haber, y otros auxiliares, no conoce este idioma Participio activos, ni pasivos: mas cuanto nosotros podemos decir con los Participios, sin ellos lo dicen, y pueden decir los de esta lengua de un modo expresivo e inteligible que no tiene semejanza al nuestro, ni le es necesario; pues así como la lengua es distinta, tiene distinto modo para expresarse, sin que por esto pueda calificarse de defectuosa, como dije cuando hablé del verbo sustantivo Ser.

Capítulo VII. Del Adverbio

El Adverbio, para modificar su significación, es el que se junta al verbo, y a otras partes de la oración; *v. g.*: al adjetivo, y participio, y alguna vez al sustantivo. En esta lengua no solo se junta al verbo, y al adjetivo, sino a los pronombres, pero siempre abreviado, o con figura, como vimos en las conjugaciones del verbo, a quien se le anteponen y posponen con mucha elegancia. Hay varias clases de adverbios, y los iremos tratando separadamente en sus lugares; y comienzo por los adverbios de tiempo por haber muchos de esta clase, aunque no deja de haber muchos de cada una de las 23 que nos enseñaron en la gramática latina, y este idioma no puede contar tantas, como veremos luego.

Adverbios de Tiempo

Hoy	*Naha.* o: este día	*Neppe tsugis*

Mañana	*Aruta*
Ayer	*Huica*
Poco ha	*Itsa*
Después	*Yete*
Ahora	*Naha*
Hace muchísimo tiempo	*Hocse Munná*
Al principio	*Innihuig*
Alguna vez	*Aipire*
De mañana	*Arua*
Pronto	*Quechigüesi*
A la tarde	*Huniacse*
Tarde	*Itti*
Luego	*Iñaha*
Siempre	*Imi*
Nunca	*Ecue et*
Otra vez	*Oisigo*
Hasta ahora	*Tapua*
Entonces	*Piuagnai*
Nunca jamás	*Ecue imi*
Siempre jamás	*Imi ietattia*
Jamás	*Ecue êt*
Un ratito	*Ipsiun*
Ahora mismo	*Chien-Antes*	*Aru*

Se ponen aquí las cosas siguientes, no porque sean adverbios, sino por ser tocantes al tiempo.

Al ponerse el Sol	*Pilpilte.*
Al anochecer	*Sosoronin.*
Se ha hecho tarde	*Huicaste.*
Ya es tarde	
Anocheció	*Murenin.*

Amaneció	*Aqueste.*
Al mediodía	*Attigte ismos.*
A media noche	*Orpehuas ershe.*
Poco falta amanecer	*Yeteste acquenin.*
Tiempo de calor	*Tsalagui; o Tsirisguai.*
Tiempo de frío	*Turisguai, Asirim pire.*
Tiempo de agua	*Amaniguai.*
Tiempo de primavera	*Tiusa pire. Itsnonin pire.*
Tiempo de sazonar los frutas	*Icunin, Putginin, Putgi.*
Un mes	*Hemetscha char.*

ADVERBIOS DE LUGAR.

Ahí	*Tina.*
Aquí	*Nia. Ne.*
Allí	*Nu.*
Acá	*Sanac.*
Allá	*Usiun.*
Acullá	*Nujana.*
Cerca	*Emegtie.*
Cerquita	*Amatica.*
Lejos	*Caria. Juagistac.*
Más lejos	*Cariam pire.*
Dónde. Adónde	*Ani.*
De dónde	*Anitum.*
Dentro	*Ramai.*
Fuera	*Cari.*
De en medio	*Orpei.*
Arriba	*Tapere.*
Abajo	*Minimui.*
Delante	*Juttui.*
Detrás	*Esentac.*
Encima	*Taperestun.*

Debajo	*Minimuitun.*
Aquí detrás	*Pi.*
Allí detrás	*Ti.*
A la derecha	*Aimatca.*
A la izquierda	*Aguistac.*
Al oriente	*Jacumui.*
Al poniente	*Humui.*
Al mediodía	*Cacun.*
Al Norte	*Acas.*
Donde (uno está) aquí	*Nia.*
Cuesta, o agua arriba	*Rini.*

Advierto, que para decir, desde, o de, o hasta, se añade un *tun* al fin del adverbio; *v. g.*:

De allí	*Nutun.*
De allá	*Usiuntun.*
De acullá	*Nujunatun.* Y así de los demás adverbios de lugar.

ADVERBIOS DE SIMILITUD.

Como	*Cata.*
Así como	*Cati Cata.*

ADVERBIOS DE CUANTIDAD, O CANTIDAD.

Mucho	*Tolon.*
Ya está	*Nü attia.*
Muchísimo	*Tompe.*
Bastante	*Nuia, Nua.*
Poco	*Cutis.*
Tanto	*Cati.*

| Muy poco | *Cuti.* |
| Cuanto | *Cata.* |

ADVERBIOS DE CUALIDAD, Y DE MODO.

Bien	*Miste. Utin. Tappan. Umsie. Apsie.*
Mal	*Equitseste.*
Así	*Cua. Cuagne.*
Quedo	*Chequen.*
Recio	*Gitsepu.*
Despacio	*Elecsi.*
Buenamente	*Umsie.*
Alto	*Tapére.*
Bajo	*Minimuitis.*

ADVERBIOS AFIRMATIVOS.

Sí	*Gehe.*
He	*Siocue. Siocueta.*
Cierto	*Amane.*
Es cierto	*Panane.*
Ciertamente	*Amane.*
Verdaderamente	*Asaha, Eres.*

ADVERBIOS NEGATIVOS.

| No | *Ecue. Episie.* |
| No es así | *Ecue at isu.* |

ADVERBIOS ———

| Acaso | *Piñi.* |
| Quizá | *Epes.* |

ADVERBIOS DEMOSTRATIVOS.

ADVERBIOS CONGREGATIVOS.

Todos a una juntos	*Imentac.*
Igualmente	*Orotse.*
Desordenadamente	*Rensiecsi.*
Continuamente	*Chira.*
Seguido	*Otsoan.*
Vocativo	*Turi.*
La mitad	*Tsamantac.*
Sonrisa	*Tchumin.*

Parecerá extraordinario algún adverbio; mas dejo otros, porque tienen un modo de adverbiar estos Naturales, que en su lengua son adverbios, y en la nuestra no. Digo que son adverbios, porque no son otra parte de la oración en su sintaxis: También digo que este idioma no tiene adverbios comparativos, y muy pocos de similitud, y con los de esta clase se suplen los comparativos; y en esto sigue a la Hebrea, la que vale de la preposición *prae* que los latinos vierten en *ab* en los comparativos. Tampoco tiene genitivo dicha Hebrea, y en esta lo he puesto, no porque se distingue de la terminación del nominativo, sino porque en el sintaxis en cosas que piden rigurosamente genitivo, usan de aquella voz que se parece al genitivo; y muchas veces en la latina lo mismo suena (como dije en otro lugar) el nominativo, el acusativo, el vocativo, y sin embargo por el sintaxis conocemos qué caso es.

Capítulo VIII. De la Preposición y Posposición
Si la Preposición en nuestra gramática es la que se antepone a las demás partes de la oración para guiarlas al verdadero

sentido de relación, o respeto que tienen entre sí las cosas que significan; la Posposición en esta lengua es la que se pospone a las demás partes de la oración, y hace los mismos oficios respecto del sentido de las cosas. Las Posposiciones de esta lengua se reducen a las siguientes.

Huas	Para; o a; o al; él, ella, ellos, etc. Dativo.
Se	A él; ella; ellos, etc. Acusativo.
E	A él; a ella; a ellos; etc. Acusativo.
Ne	A él; etc. Acusativo.
Tsa	Con él; ella; etc. Ablativo.
Me	Con; en casa de, etc. Ablativo.
Tea	En.
Tac	En.
Um	Con; por.
Tum	Con.
Sum	Con.
Tun	Por; de.

Todas las doce Posposiciones, encuentro en el sintaxis; y el significado es como dejo expuesto en las columnas. Las demás preposiciones que usa nuestra lengua, se suplen en esta con los adverbios de esta misma lengua, la que carece de estas preposiciones contra, entre, hacia, hasta; mas el sin nuestro lo suple con esta voz *atsi*, y esta palabra siempre se antepone, y nunca se puede posponer; por lo que no la asenté entre las Posposiciones, y también significa no. Todas estas Posposiciones tienen la significación dicha en compañía de las palabras que les anteceden; mas por sí solas, y fuera de compañía nada dicen, ni nunca se encuentran sin el orden que tengo explicado. Otras advertencias merece este tratado, las que si ahora se omiten es porque constan de las frases dichas (en el

Arroyuelo); y porque una cosa es pura Posposición, y otra cosa es Partícula. En nuestro Arte Castellano con la explicación de las preposiciones se confunde esto. Esta carta es para Juan, y esta carta es para ganar, *v. g.*; no es lo mismo el para en una que en otra, aunque suena lo mismo; y esto más pertenece al sintaxis que no al presente asunto.

Capítulo IX. De la Conjunción

Conjunción es la traba, y ata las partes de la oración entre sí mismas. Hay varias clases de conjunción. Solo hablare de algunas conjunciones, y son las que siguen.

Ené	Pero: mas; pues.
Yuta	O; u.
Ara	Y; luego.
Imatcun	Si; con tal que.
Hia	También.
Aia	También.
Hi,	Y; también.
Yehela	Aunque.

Las comunes son: *Aia*; *Hi*; *Hia*; *Ené*; *Ara*, con el significado que arriba dije. Las tres primeras siempre se posponen, y traban las palabras, los verbos, y las oraciones; y así podemos llamarlas copulativas. Y no sé que haya otras. Es una confusión grande este tratadito; y así iré poniendo en Castilla primero, y luego en idioma.

Por eso: Por lo tanto	*Nisiasum.*
¿Por qué no?	*Enem at inca.*
De cualquiera manera	*Ucsi.*

Porque	*Usi.*
Cuando	*Cochop.*
Sino	*Cochop Ecue.*
Así como	*Cati cata.*
¿Por qué?	*Incagtet: Intsista: Intsisum: Inca.*

Capítulo X. De la Interjección

¡Atseitac!	Es lo mismo que cuando admirados decimos; oh!
¡Ha: Nu	Estas dos es lo mismo que: Ya oigo: entiendo: sí.
¡Iscane!	Pobre de mí.
¡Aná!	¡Madre! que se expresa en los dolores.
¡Que!	Oye: escucha: atiende.
¡Minini!	Ídem; pero es cuando hay familiaridad entre los que se hablan.

Queda pues explicado el tratado de las ocho partes de la oración que advierto hay en este idioma; que son: Nombre, Pronombre, Verbo, Participio, Adverbio, Preposición, digo Posposición, Conjunción, e Interjección. Y podemos excluir no solo el Artículo, sino el Participio; y así diremos: que son siete las partes de la oración en esta lengua Mutsun.

Capítulo XI. De las figuras del Metaplasmo
Una de las cosas más difíciles al principio de aprender esta lengua me fue la de entender las figuras que usa, ya de dicción, y ya de construcción, de que diré luego.

Metastesis. Es cuando se invierten algunas letras que tiene la palabra, o voz; y esta es propia de los niños; que aun casi no pueden pronunciar; y las Madres o padres les hablan con las letras que tiene la voz trastornadas, y fuera del modo con que deben estar; *v. g.*: *Onlemu*, en lugar *Onelmu*, que quiere decir: Hacer rayas en el suelo. Otro ejemplo: *Coor*, en lugar de *Coró* que quiere decir *Pie*. Y así de las demás palabras de esta figura.

Sinalefa. Es cuando una voz acaba en vocal, y la que se sigue es también vocal, y se calla la vocal de la primera voz; *v. g.*: *Tsotco Aisa etse*. Todas estas tres voces acaban en vocal, y a la de en medio se le quita la a, y se dice con elegancia *Tsotco ais etse*; que significa: Seguido, o en orden, ellos duermen.

Síncope. Es cuando se quita del medio de la voz alguna letra o sílaba; *v. g.*: *Maam*, en lugar de *Macam*.

Apócope. Es cuando se le quita alguna letra al fin de la voz; *v. g.*: *Ar*, en lugar, de *Aru*, que quiere decir antes: me, en lugar de *Men*; Tú, etc.

Aféresis. Es cuando se quita alguna letra al principio de la voz; *v. g.*: *et* en lugar de *iet*.

Antítesis. Es cuando se pone en la voz una letra por otro; *v. g.*: *hic* en lugar de *hac* se muda la *a* en *i*. Es muy corriente esta figura como también las demás: pero, esta tiene esta particularidad, que si la voz, o verbo acaba en *u*, hace *huc*; si en *i*, *hic*; si en *o*, *hoc*; y todos deben ser *hac*, o *haca*, mudada la primera a en *e*, *i*, *o*, y, *u*.

Tiene este idioma Figuras mezcladas de Antítesis, y Apócope; *v. g.*: *Quipi hic*, en lugar de *Quipi haca*; se halla mudada la *a* en *i*, y quitada la última *a*. También de Aféresis, y Apocope: *Canmes et jatsa*; en lugar de *Can mes icte jatsa*, quitada la primera *i*, y la última *e*, en el primer ejemplo; y confirmada esta verdad en el segundo.

Entendidas las partes de la oración, se comprende cuando este idioma en sus voces comete una figura, o dos, en una palabra, y aun tres figuras en una sola voz. No pongo más ejemplos, porque sería extenderme, y lo dicho es suficiente para comprender el uso que hace la natura, y no el arte, o los dos juntos del modo figurado.

De la Figura Elipsis

Esta figura se comete cuando se omiten en la oración algunas palabras, que siendo necesarias para completar el sentido gramatical, no hacen falta para la inteligencia ni para el sentido de la expresión. Usa este idioma de esta figura muchas veces; por ejemplo: *Anit Men?* ¿Dónde vas tú? y en lengua no se dice *elepu*, vas; sino que se omite. *Macque, tacca*: Ahí voy, hermano mayor; y en lengua se omite *tina accu*, o *elepu*, que dice: ahí entro, o voy. *Men unisi*: No quieras; y en lengua no se expresa el no, *epsie*; pero se entiende por esta figura.

Capítulo XII. Del Sintaxis de este idioma

Sintaxis es lo mismo que construcción, fabricación, o composición de las partes de la oración entre sí: o Sintaxis es el orden y dependencia que deben tener entre sí las palabras para formar la oración. Esta construcción es propia y figurada, o natural, y figurada. De lo dicho hasta aquí se infiere, que este idioma usa en su sintaxis de los dos modos natural, y figurado; y respecto de nuestro idioma este es un puro Hipérbaton, porque se invierte el orden gramatical que naturalmente guardan nuestras palabras en la oración.

Lo primero que pide nuestro sintaxis natural, es que el nombre sustantivo se anteponga al adjetivo; y este regularmente es al contrario: el nombre adjetivo precede al sustantivo, *v. g.*: *Misia Imiu*; otro: *Tolon me munus*; otro: *Tsutsunagte gin*; otro: *Capnen nana pire*; otro: *Aium jurecuas ruc*; etc., que después veremos. *Misia; Tolon; Tsutsunagte; Capnen; jurecuas*; todos son adjetivos; y los anteponen estos Naturales a los nombres sustantivos *Imiu, múnus, gin, pire,* y *ruc*. Pide nuestro Sintaxis natural que no haya falta ni sobra de palabras en la oración; y en este sintaxis respecto del nuestro regularmente hay falta de palabras. En los ejemplos dichos: *Misia Imiu*: Bonito todo; en nuestro idioma diremos natural y propiamente: Todo es bonito. En el otro ejemplo: *Tolon me múnus*: Mucho tú porquería, o roña; nosotros decimos: Tú tienes mucha porquería, o roña, etc.

Aquí advertirá el lector la inversión de la construcción, y la falta de palabras en este idioma respecto del nuestro; y aquel no pudiera entenderse sino nos valiésemos del Hipérbaton, y Elipsis que tiene el nuestro. Trastornado este principio fundamental, es preciso que se trastornen también las reglas de nuestro sintaxis: esto es, la concordancia, el régimen, y la construcción, de las que voy a tratar en los Párrafos siguientes.

§ 1. Las concordancias son tres: de nominativo, y Verbo; de Sustantivo y Adjetivo; de relativo, y antecedente. La primera concierta en número y en persona. Más aquí es preciso repetir lo que dijimos del verbo colectivo, o verbo singular, y verbo plural; este dije que es lo mismo que nuestros colectivos, porque hablan de muchedumbre. Ahora bien, tiene este idioma esta concordancia de nominativo y verbo, y precisamente concierta en número y en persona, aunque el verbo sea plural o colectivo; *v. g.*: *Jupama ichon*, y también *Jupama itson*: Otro; *Can ole*, y también *Can olse*. En estos dos ejemplos hay cuatro concordias de nominativo y verbo, aunque si se ha de suponer, que como el verbo en cualquier tiempo nunca tiene diversa terminación dentro del mismo tiempo, siempre ha de haber concordia, sea la persona que quisiere: más en los verbos plurales, o colectivos, si la colección, pluralidad o muchedumbre, es incompatible con la persona; esto es, si la persona no admite la pluralidad, y se junta con dichos verbos

es mala la concordia y no estará bien dicha la oración; *v. g.*:
Can semson: Yo morimos, o yo muero mucho; porque una
vez se muere uno, y no muchas: y yo morimos ni en Castilla
es buena concordia, y esto se ha de tener presente, si se quiere
(como se debe) hablar con pureza, naturalidad y finura.

§ 2. Tiene también este idioma la concordia de Sustantivo, y
Adjetivo; y esta solo concierta en número y en caso, y no en
género, porque no le tiene; *v. g.*: *Maccu misimin*; esposo bueno: y sería mala concordia decir: *Maccu misiminac*; porque
Maccu es singular, y *misimimac* es plural, o habla de muchos.
Lo mismo en esta: *Muquiuquinis hatcamac*, vieja prietas; ni
en Castilla está bien: más si *Muquiuquinis hatcasmin*, vieja
prieta: porque el sustantivo y adjetivo son singulares, y están
en nominativo. Dije que no tiene este idioma género; y así
lo mismo es para estos Naturales decir en Castilla Marido,
o esposo bueno, que buena; vieja prieto, que vieja prieta; y
también carece de nuestros artículos, como dije en el 1. Capítulo de este librito.

§ 3. Que, cual, quien, cuyo, son los pronombres relativos;
y de estos relativos es de lo que al presente tratamos para la
otra concordia que resta explicar. Todos tienen plural menos que, de cuya voz usamos en ambos números. Todos los
relativos dichos se dicen en lengua, o se nombran así: *Numan, Anpi, Atte, Attenane*, como ya dije hablando de los
pronombres. *Numan*, o que, no tiene más terminación y sirve
lo mismo que nuestro que, para cuando es necesario usar de
él. Más como este idioma, como poco ha dije, no tiene ni géneros, ni artículos, que son los que forman aquí la concordia,
hemos de decir que no tiene esta concordia o por mejor decir,
siempre que convenga, debemos usar de el, como usamos del
que en nuestras oraciones castellanas.

No quiero omitir aquí sobre esta palabra que lo que debiera haber dicho, cuando se trató de la conjunción. Cuando el que es conjunción, o partícula (como decíamos en la gramática latina) siempre es tacita en la oración, *v. g.*: Deseo que seas bueno: *Ihuipsen, ca, Men miste.* Cuando el que es relativo neutro interrogativo, dice este idioma *Intsis,* o *Ista;* y dejo ejemplos de esto. Cuando el que es como interjección, que nosotros decimos que, o he, en esta lengua, se dice, *Ha!* para preguntar; y cuando es relativo siempre se dice el que *numan.*

Capítulo XIII. Del régimen que tienen las partes de la oración que admite este idioma

1. El nombre sustantivo rige a otro nombre sustantivo en genitivo sin la preposición de, ni otra alguna más siempre el genitivo se antepone al sustantivo que le rige, *v. g.*: *Purchu rucca*: *Patrecma esgen*: etc. *Purchu*, y *Patrecma* son genitivos de *rucca*, y *esgen*; que quiere decir: De *Purchu* casa, o la casa de *Purchu*: De padres fresada, o La fresada de los padres. Ya dijimos en las Declinaciones, que el nominativo, el genitivo, y vocativo no tienen distinta terminación; pero por el contexto de la oración en el sintaxis se conoce cuando es un caso, u otro, así como nosotros conocemos en la oración latina por su contexto cuando es un caso, y no otro, aunque no tengan distinta terminación.

2. El nombre sustantivo rige al verbo, porque como aquel es el móvil de la acción, o pasión, el verbo es el que expresa estas obras; y así este ha de concertar con aquel, *v. g.*: *Purchu*, si no hay verbo, nada se dice, sino nombrar a un hombre que se llama *Purchu*: pero si se añade *guarca*, ya decimos la acción de *Purchu*; esto es: *Purchu* llora, que es concordia rigurosa de nominativo, y verbo.

3. El verbo rige al nombre sustantivo, o pronombre, cuando todos son términos de la acción, ya signifique persona, o ya cosa; y así se dice: *Can muisin Diosse*: Yo quiero Dios a; esto es: Yo amo a Dios. *Can esso equets se*: Yo aborrezco pecado al; esto es: Yo aborrezco al pecado. Ya he dicho en el principio, y muchas veces, y ahora lo repito por ser este su lugar propio, que nuestras preposiciones son posposiciones en este idioma, y en estos dos ejemplos son el *se. Dios se, equets se.* Para que se entienda el sintaxis de esta lengua traduzco materialmente, y luego expreso en paráfrasis la oración perfecta en castellano, como se ve arriba. Es de notar que muchos verbos ellos solos explican y embeben dentro de sí los términos de su significación, y en este caso no rigen nombre sustantivo alguno *v. g.*: *Muraste Men sitnun*: Creció ya tu hijo, o hija. Otro: *Semoste Abatonio*: Se murió, o murió Antonio Abad; y otros ejemplos de esta clase de verbos, que llaman neutros, o mejor intransitivos; esto es que pasan su término o significación a • • • • cosa, ni persona. Dije también hablando del verbo, que en este idioma todos los verbos se pueden reducir a activos y pasivos, y no a tanta confusión de verbos como (no sé si bien) se nos enseña en la gramática latina. Véase la nota 6.ª y 7.ª del Arte de Nebrija, *De institutione grammaticae*, Lib. 3; y también puede verse nuestro *Arte de gramática castellana* Capítulo 7, par. 1, n. 88.

Se, e, ne, huy, tsa, me, tca, tac, um, ium, sum, tun, y no sé si alguna otra posposición son todas las que acompañan al nombre sustantivo, o pronombre, regido del verbo. Ejemplos de todos. 1.º *Oquegte ca Mucurma* SE: Despedí, o despache yo mujeres a las; esto es: Despedí a las mujeres. 2.º *Attena ayona soton*E? ¿Quién va a traer lumbre la?; esto es: ¿Quien va a traer la lumbre? 3.º *Cua met aisan*E: Así tú después a ellos les; esto es: Así les dirás, o: Así dirás a ellos. 4.º *Neppe Appahuas*: Esto padre a, o para; Esto es para el padre.

5.º *Chien hac guate TausestSA*: Ahora el viene Hermano menor con; esto es: Ahora viene el con su Hermanito. 6.º *Otso Appame*: Ve padre con; esto es: Vete con tu padre. Este me significa en casa, como dije en otro lugar. 7.º *Ripuin ca isuTCA*: Espiné yo mano en; esto es: Me espiné en la mano. 8.º *AgûisTAC, Cannis tion*: Zurda, o izquierda con a mi tiró: esto es: Me tiró con la izquierda.

9.º *Tapurum cames et jatsa*: Palo con yo a ti después pegaré; esto es: Te he de pegar con un palo. 10.º *Sialquinin usec jaiIUM*: Se rajó chiflo, o pitó boca con; esto es: Se rajó el pito con la boca. 11.º *Nottos Cannis haca isaSUM*: Pegó a mí el manos con; esto es: Me sacudió con las manos, o con la mano.

12.º *NajanTUN Can tsetcan*: Allí de yo vengo; esto es: vengo de allí. Quedan pues explicadas todas las posposiciones de este idioma con los ejemplos que están dichos y señalados con una raya así; y en muchos ejemplos no solo hay la posposición sino también muchas figuras, de las que dije en el Capítulo 11. de esta tarea.

4. El verbo rige a otro verbo; y en este caso el primero es determinante, y el segundo determinado: y así se dice: *Ihuten ca ama*: Quiero yo comer. Mas si el verbo determinado regido del determinante pide alguna conjunción para llevar la oración al modo indicativo, o subjuntivo, esta siempre se ha de expresar con tal que no sea la conjunción que. *v. g.*: Huasaca tihon, ausic, quet, humun: El auron nace para volar; o materialmente: Auron nace, para que el después vuele. Otro: *Can semon, usi Can ihusen*: Yo muero, porque yo quiero. Otro: *Miste nuc me*: Bueno, dicen, tú; o mejor: Dicen que estás bueno. No tiene esta conjunción que este idioma, como dije en otra parte.

5. El adverbio es absolutamente necesario para acompañar al verbo conjugado; o mejor, el adverbio es preciso para la

formación de los tiempos en este idioma; por manera que sin adverbio todo verbo será infinitivo, y presente; y el adverbio, como dije en su lugar, determina al verbo a que sea pretérito, y futuro. Para el imperativo, y modo infinitivo no es necesario ni tampoco para el tiempo presente de indicativo, pero modifica, siempre la significación del verbo.

6. Las posposiciones rigen al dativo, acusativo, y ablativo, como hemos dicho en los doce ejemplos de este Capítulo n. 3. También rigen al adverbio algunas veces, y nunca al verbo, porque las posposiciones que acompañan y rigen a nuestros verbos, llamo yo conjunciones las más, y no preposiciones aunque son en realidad. Esta preposición a, que en lengua no sé cómo llamar, tiene un uso muy grande, o extenso en este idioma; y viene a hacer los mismos oficios que el gerundio sustantivo de acusativo, o supino; *v. g.*: A llevar del primer modo *ferendum*; del segundo: *latum*; o futuro de infinitivo de activa. Así como a el supino en *um* latino acompañan las verbos de movimiento ir y venir; así también cuando se usa en nuestra Castilla esta preposición a, y se quiere traducir en lengua, le acompañan dichos verbos de movimiento los que regularmente no expresan en la oración, en la lengua *v. g.*: *Oiyni ca curcase*: Vengo a coger pinole. *Oyona ca curcase*: Voy a traer pinole. *Etsesu ca.* Voy a dormir. De lo dicho consta que cuando la oración lleva este romance a o esta preposición castellana a, en idioma Mutsun, tiene tres terminaciones *im*, *na* y su, que se añaden al verbo en infinitivo, o tiempo presente. El *im* es para el verbo venir, y el *na*, y *su*, son para el verbo ir, los cuales verbos de movimiento rara vez, o nunca, se expresan en la expresión de esta lengua; pero siempre se han de suponer, y nunca se pueden trocar, porque no es lo mismo venir, que ir.

Me ha sido dificultosísimo percibir que diferencia hay entre el *na*, y el *su*; y después he venido a observar, que el *su* es cuando se va para no volver en algunos días, o se va muy lejos; y el *na* cuando uno vuelve luego, o se va cerca: y cuando ni se va lejos, ni cerca, y se anda pocos pasos, o ninguno, y la oración lleva el romance a, se hace por infinitivo, o presente de indicativo, *v. g.*: *Chala ca*: Voy a hacer aguas menores. *Ama ca*: Voy a comer. Mas si se fuera a mear lejos, para volver tarde, o no volver, diría *Chala su*; o *Chalasisu ca*; y le mismo en el otro ejemplo: *Amasu ca*; mas si se fuese cerca, y para volver luego, se dirá: *Chalana*, o: *Chalasina ca*; y lo mismo; *Amana ca*. Las demás preposiciones castellanos, como que no son posposiciones del idioma, merecen otro Capítulo particular para que no queden sin entenderse debidamente.

7. Las conjunciones que tengo advertido en este idioma, y de que dije en el Capítulo 9, son *Ene*, *Ará*, *Hia*, *in*, *iuta*, *Aia*, *Imatcun*, *Yela*, y las demás que puse allí, y todas cuantas, después se observen, solas tres se posponen siempre al verbo, nombre, pronombre, adverbio, que unen, o enlazan y rigen; y las demás se anteponen siempre, *v. g.*: *Ene me Cannis Intsis queletse*? ¿Y tú a mí por qué me miras con ojos airados? esto es; ¿Y por qué me miras con ceño? *Ara intsissun me ittocpo?* ¿Y qué cosa con tú te limpias el fiador? esto es: ¿Y tú con qué te limpias el trasero? *Irugmin Aisa chitte rini, Mucurma, tsareshia*: Todos ellos bailan, muchachos, mujeres, hombres, y; esto es: Bailan todos ellos, muchachos, mujeres, y hombres. *Isque canhi megé*: Deja, o quita, yo y miro; esto es: Déjame, miro yo también. *Attese me ihusen uti iutamen menen, iuta Men ette*? ¿A quién tú quieres más, o a tu Abuela, o a tu Abuelo? *Teretis Men Aia*: Te has cortado el pelo tú también. *Imatcun ca nisu, monsemetcun camis.* Si yo lo supiera te avisaría. Y así todos los demás ejemplos de cuantas conjunciones haya en esta lengua, en la que se enlazan las palabras que no dicen disonancia, y que son conformes a la naturaleza de los juicios y racionalidad del hombre.

Se me pasó advertir que el Gerundio rige al nombre, aunque rara vez se usa en este idioma, que los forma de esta manera: *Richaspismac, Amasmac, Monsermac*: Jugando, Comiendo, Avisando. También significan y tienen estos romances: de jugar, de comer, de avisar, y lo mismo de cuantos gerundios se quiera usar, añadiendo al tiempo pasado un *mac*. Cuando se usa del primer modo se resuelven con un *Cochop*, o *piñi*, que significa cuando estaba jugando, comiendo, avisando: más usado del segundo modo no se puede resolver.

También advierto otra cosa rarísima, que estas tres voces arriba dichas significan jugadores, comedores, y avisadores; y se conoce ser así por el contexto de las oraciones. *Incagtet, inca, inisista, intsisum, usi, incagte?* son conjunciones de interrogativo, y todas significan, ¿por qué? *Incagtet?* también significa ¿Cómo? más con el *usi* se responde, y con *nisiasum* se confirma, *v. g.*: *Isagte hic guarca?* ¿Por qué llora él? *Usi Patre has sisas*: Porque el padre le amenazó. *Nisiasum huc guarca; usi Patre has sisas*: Por eso, el llora, porque el padre le amenazó.

También tiene este idioma tres modos lo menos para preguntar, y son los siguientes: *Tage cames*; Pregunto yo a ti. Este es un modo, y rara vez se usa el *Tage* para uno decir, pregunto, o dime. El 2.º es *Moths*. Este es el más corriente modo de preguntar. El otro es, añadiendo a la primera palabra un *se*, o *s*, pospuesto, e indagando la cosa, como con admiración, y duda. Ejemplo: *Tage cames, anta* Dios? Te pregunto ¿dónde Dios? (suple está). ¿*Moths Dioste pire?* Te pregunto, o dime; ¿hay Dios? *Diostes pire?* ¿Que hay Dios? o Dime, o te pregunto: ¿hay Dios? En otros ejemplos: *Mots Men corone?* (Para decir responde, se dice en lengua raguanpui, o *uni*). Ahora: *Mots Men corone?* Dime, o te pregunto, ¿tu *Pie* este? esto es: Dime, ¿este es tu *Pie*? Del otro modo: *Nes mencoro*; o *Mense coró ne?* ¿Que este es tu *Pie*? o: Dime ¿tu *Pie* este?

Ya dije, que esta lengua no tiene el verbo sustantivo Ser, pero le supone cuando le es preciso para la expresión.

El *se*, o *s*, pospuesta a la primera palabra, es lo mismo que nuestro que, cuando preguntamos: ¿Que yo querré? ¿Que yo he de querer? *Yetes ca uni*? Unís *ca* yete? o *Canse yet uni*? *Moths cat uni*? *Moths Can yet uni*? *Moths Can uni* yete? De todos estos modos forma esta lengua una misma oración, la que es facilísima de entenderse, si ya se ha comprendido lo dicho hasta aquí, especialmente en la formación de los tiempos, y en otras partes. Concluyo cuanto se comprende en estos siete puntos del Régimen.

El nominativo, y el vocativo de ninguna parte de la oración se rigen, porque son el móvil de la expresión. *Matshu Ai juri*: Esta voz, o palabra *Matshu* es vocativo, y significa muchas cosas; esto *es*: es la expresión de más familiaridad que hay entre esta gente; y así tiene distintos respetos. Si el esposo dice a su mujer *Matshu*, es lo mismo que decir *Esposa*. Si le dice un padre a su hijo *Matshu*, es lo mismo que decir, o llamarle *Hijo*. Si es de un compañero a otro *Matshu*, es lo mismo que nombrarle *Compañero*; y así de los demás respetos: por lo que ninguno que no tenga íntima familiaridad con otro, puede usar de ella sin incurrir en la nota de impolítico, o que no entiende lo que dice.

Y supuesto he tocado esto, diré lo que he advertido sobre su política, que es casi ninguna en orden al tratamiento. Que es otra voz con que llaman a otro con quien no tienen familiaridad, *v. g.*: cuando uno no oye, y le llaman por medio de la voz *Que*, que equivale a *oiga usted*: en nuestra Castilla, y entre ellos a *Oye tú*; pues este es el tratamiento de niños a viejos, de hijos a padres, y de estos a ellos. *Minini* es otra palabra con que llaman los ancianos a sus deudos, o extraños, cuando son párvulos estos, o no han llegado al uso de razón.

El nombre sustantivo o pronombre rige a otro, pero anteponiéndose el regido al regente, sin artículo, ni partícula alguna en lo que se diferencia de nuestro idioma. También rige el nombre sustantivo al verbo, y este al nombre, según el caso que pida aquel, y siempre con posposición pues de no haberla no tendría casos el nombre sustantivo, o adjetivo de esta lengua. La preposición, o posposición se acompaña con los sustantivos, adjetivos, y algunas veces con los adverbios, y cuando conviene con los pronombres, y nunca con el verbo. Las conjunciones enlazan nombres, y verbos, nombres con nombres, y verbos con verbos, y también adverbios con adverbios, y gerundios con gerundios; unas veces antepuestas, y otras pospuestas, no teniendo estas lugar de anteponerse nunca en este idioma. Los adverbios acompañan a los tiempos, y modos del verbo, y al mismo verbo, y a los nombres adjetivos, modificándolos siempre según la diversidad de su significación en el contexto de la expresión.

Capítulo XIV, y último. De la construcción del mutsun
Dije en el Capítulo 12, que respecto de nuestro idioma es este un puro hipérbaton, esto es, una inversión, o perturbación del orden de las palabras nuestras, porque estas tienen un sintaxis, cuyas reglas son muy diversas de las de este, como consta de los dos Capítulos antecedentes. En orden a la construcción de las partes de la oración de este idioma no hay que recurrir a Autores clásicos, ni a personas cultas, que son los principios de la nuestra: lo que hemos de hacer aquí es observar como hablan los de mayor capacidad, y los viejos; pues estos, y aquellos se explican con propiedad, elegancia, y pureza; y esto es lo que he practicado para poder comprender esta lengua en la forma que voy explicándola. Regularmente siempre empieza este idioma a expresarse por aquella parte

de la oración, que es el intento principal o objeto que se propone manifestar, construyendo, y formando las cláusulas, y tomando aquellas voces, que desde luego son propias y expresivas para descubrir los sentimientos del alma, según en ella existen.

También he observado, que las más expresiones se pueden formar de dos modos, pero siempre como acabo de decir, *v. g.*: *Cati* al *irugmin*; que significa: Así son todos, o Así es todo. Este adverbio *Cati*, Así, es lo que se intenta manifestar primeramente; y después dice al, que significa no más (que equivale a nuestro son si dice algo este idioma); luego añade el *irugmin*, que no es lo primero que ocurre expresar. Mas si se oye de este modo: *Irugmin at Cati*, que también es el mismo pensamiento; el *irugmin* que es todos, o todo, es lo que primeramente se quiere descubrir; luego se pone el *at*, son, y después se usa del *Cati* así, que es lo último que se persuade declarar. Otro ejemplo: *Pinasset cus camnes cánna?* ¿Que eso te había de negar? o materialmente: ¿Eso que había de yo a ti negar? De el otro modo: *Moths tugne cames pinasse cánna?* ¿Dime, te negaría yo eso? o materialmente: ¿Dime, yo a ti eso que negaría? Aquí se ve del primer modo: ¿Que eso te había de negar? y del 2.º modo: ¿Dime, te negaría yo eso? Lo primero que intenta expresar el que así habla es, ¿que eso?, haciendo relación a lo que es eso; después expresa lo demás para que forme sentido; pero no es lo que inmediatamente le ocurrió, y luego concluye acabando el pensamiento o expresión con lo que le es necesario para manifestarle. Lo que he dicho con los dos ejemplos, se supone ser lo mismo con cuantas expresiones largas, o breves, hay en este idioma, el que repito, forma sus expresiones de dos modos, guardando la regla del sintaxis que la naturaleza le ha dado, y como acabo de explicar.

No obstante lo dicho hasta aquí, siempre las reglas del sintaxis de este idioma se observan, y no tienen aquella inversión que tiene el sintaxis castellano por medio de tantas figuras.

Libros a la carta

A la carta es un servicio especializado para
empresas,
librerías,
bibliotecas,
editoriales
y centros de enseñanza;
y permite confeccionar libros que, por su formato y concepción, sirven a los propósitos más específicos de estas instituciones.

Las empresas nos encargan ediciones personalizadas para marketing editorial o para regalos institucionales. Y los interesados solicitan, a título personal, ediciones antiguas, o no disponibles en el mercado; y las acompañan con notas y comentarios críticos.

Las ediciones tienen como apoyo un libro de estilo con todo tipo de referencias sobre los criterios de tratamiento tipográfico aplicados a nuestros libros que puede ser consultado en Linkgua-edicion.com .

Linkgua edita por encargo diferentes versiones de una misma obra con distintos tratamientos ortotipográficos (actualizaciones de carácter divulgativo de un clásico, o versiones estrictamente fieles a la edición original de referencia).

Este servicio de ediciones a la carta le permitirá, si usted se dedica a la enseñanza, tener una forma de hacer pública su interpretación de un texto y, sobre una versión digitalizada «base», usted podrá introducir interpretaciones del texto fuente. Es un tópico que los profesores denuncien en clase los desmanes de una edición, o vayan comentando errores de interpretación de un texto y esta es una solución útil a esa necesidad del mundo académico.

Asimismo publicamos de manera sistemática, en un mismo catálogo, tesis doctorales y actas de congresos académicos, que son distribuidas a través de nuestra Web.

El servicio de «Libros a la carta» funciona de dos formas.

1. Tenemos un fondo de libros digitalizados que usted puede personalizar en tiradas de al menos cinco ejemplares. Estas personalizaciones pueden ser de todo tipo: añadir notas de clase para uso de un grupo de estudiantes, introducir logos corporativos para uso con fines de marketing empresarial, etc. etc.

2. Buscamos libros descatalogados de otras editoriales y los reeditamos en tiradas cortas a petición de un cliente.